談合の女神

伊藤恵子
ITO KEIKO

幻冬舎MC

談合の女神

この物語は著者の体験から得たインスピレーションを基にしたフィクションであり、実際の人物・団体・事件とは一切関係ありません。

突然の別れ、突然の転機

涙がボロボロとこぼれ落ちていく。頬をつたう生温かさすら感じ取れないくらい私は混乱していた。

「奥さん、大丈夫ですか？　もしもし？」電話口で医師が聞く。聞こえてはいるのだが、声にならない。なんと返事をしたらいいのかも分からない。受話器を持つ手が細かく震え、次第に感覚が薄れていくのを感じながら、私は無言で立ち尽くすことしかできなかった。

少しして、食事中だった子供たちが私の異変に気づいたようだった。

「ねえ、お母さんが……」

長男が不安そうな声でそう言うと、夫も私の異変に気がついた。

「どうしたんだ？」

優しく肩を叩かれるが、声が出せない。なんと答えたらいいのか分からない。

さすがにおかしいと思ったのだろう。夫は私の手から優しく受話器を取り、電話の相手である医師とひとこと、ふたこと話をして、電話を切った。

「大丈夫。大丈夫だから」

そう言う夫に支えられるようにして、食卓の椅子に座る。6人の子供たちが心配そうにこちらを見ていた。

心配するのは当然だろう。さっきまで家族みんなで楽しく夕飯を食べていた。その数分後、1本の電話がかかってきたのをきっかけに、母親がまるで別人のように泣きじゃくっているのだ。

私は少し落ち着きを取り戻して、一つ大きく息を吐いた。

「……ごめんね。さあ、食べちゃいましょう！」

そう言って、子供たちにご飯を食べるよう促した。

1982年12月7日の夜、この1本の電話が、私と家族の全てを変えた。夫婦と6人の子供たち。8人家族の楽しい暮らしがまったく予想していなかった方向へ進み始めることになったのだ。

この日の昼、私たち夫婦は市内の市立病院で健康診断を受けていた。夫は42歳、私は30歳になったばかりだ。お互い健康に不安はない。強いていうなら、夫が近頃、微熱が出ることが多いくらいだ。

土建業の男性は他の仕事の人とは体のつくりが違う。結婚して十数年、夫は仕事で軽い怪我をしたことはあっても、体は極めて丈夫だ。風邪一つひいたこともない。

ただ、そうはいっても6人の子供をもつ父親だ。一番上の長男が中学生。一番下の娘はまだ1歳。一応、健康診断くらいは受けておこうか。そんな気持ちで受診することになった。

レントゲンを撮って、血液を採って、最後はタケイ先生という40代の男の医師から問診を受けた。病院に慣れていないこともあって多少の緊張はあったが、診断は午前中には終わった。

「こんなにすぐに終わるなら、毎年受けてもいいかもしれないな」

病院を出ると、夫はそう言って笑った。

それから数時間後の夕飯時、病院から電話がかかってきた。

「市立病院のタケイです」

「あ、先生ですか」

「奥様ですね。実は今日の健康診断の結果について少しお話があるのですが」

「はあ、なんでしょうか……」

嫌な予感がした。こんな時間にわざわざ電話をかけてくるのは、よくない知らせに違いないからだ。

「再検査が必要な項目がありまして、明日、もう一度来てもらえますか？」

「え、私ですか？」

「いえ、ご主人です」

「はあ、それって、どんな……」

「詳しいことは再検査してみなければ分かりませんが、白血病の疑いがあります」

「え……」

私は言葉を失った。……白血病？　先生はいったい、何を言っているんだろう？

以前読んだ週刊誌の記事で、白血病が血液のがんといわれ、これという治療法がない不治の病であることは知っていた。夏目雅子さんが白血病で亡くなったというニュースも思い出された。それだけでも、私が恐怖と絶望を感じるには十分すぎる情報だった。

「まずは検査と、進行を見て治療方針などを考えたいと思います。進行によっては、症状が重い場合、半年、3カ月といったことも考えなければなりませんので……。明日の来院は可能ですか？」

そこから先、先生が何を言ったのかほとんど覚えていない。夫が死ぬ。半年。3カ月。まだ40代なのに。いなくなる。子供たちと私だけになる。そんな未来が頭に浮かび、涙があふれ出てきたのだった。


子供たちが寝静まってから、私は夫に電話のことを伝えた。いったんは涙が止まったが、夫の顔を見ると再び涙があふれてきた。

夫は病院から電話があったことと私が泣いていたことなどから、何か検査で異常が見つかったことは察していた。ただ、勘違いしていた。泣きじゃくっている私の様子から、私に何か病気があるのだと思っていたのだ。

「大丈夫だ。俺がどんなことをしてでも治してやるから」

夫の言葉にますます涙がこぼれる。優しい眼差しに胸がえぐられるような気持ちになった。

「違うの。そうじゃないの。先生は、あなたがね、もしかしたら白血病じゃないかって……」

「俺が……？」

信じられないのも無理はない。どこからどう見ても健康そのものだ。本人も自覚症状はないという。

「それで医者はなんだって？」

「明日、検査するからもう一回病院に来てほしいって」

「そうか。分かった」

そう言うと、夫は立ち上がり、寝室へ行った。その後ろ姿は、やっぱりどう見ても健康だった。力仕事で鍛えた大きな背中も、黒々とした髪も、太い足腰も、誰が見ても健康と言うだろう。

きっと何かの間違いだ。明日病院に行けば、病気の疑いは全てきれいに晴れる。私はそう思った。そう思い込むしかなかった。

最後の旅行

その夜は結局ほとんど眠れなかった。

朝になり、朝食を作り、子供たちを学校に送り出す。7時半になると、お手伝いのイノウエさんが来る。子供が多く家事が大変ということで、数年前から通ってくれていた。

いつもと変わらない朝だ。子供たちも、昨晩の私のことが気にはなっていたのだろうが、誰も何も聞くことなく、いつものように登校していった。

しばらくして夫が起きてきた。

「なあ、散歩しないか?」

「え、はい」

私は下の子をイノウエさんに任せて、夫と散歩に出た。この家に住み始めてから2人で近所を散歩するのは初めてのことだ。夫は仕事、私は育児。それぞれが、それぞれのやることを目一杯こなしてきた。冷たい風が目に染みた。手袋の中の指先が冷えていくのを感じた。

「俺が病気するとはなあ」

白い息を吐きながら夫が明るく言う。私はどう答えていいか分からず、小さく頷くしかできなかった。

夫は本来、無口だ。日常生活の中では、「うん」と「分かった」くらいしか言わない。軽口を叩かず、愚痴をこぼすこともないので、周りからは信頼される。地域で力がある中堅のH建設から独立し、15年にわたって自分の会社をうまく経営してきたのも、余計なことを言わずに真面目に仕事をする人と評価されたからだろう。

病気が悪くなれば、会社にも影響する。子供たちのことも当然心配しているはずだ。私を気遣っているのか、あるいは気丈に振る舞おうとしているのか、明るい口調で話すその奥には、私よりもはるかに大きな不安、恐怖、悔しさがあるのだろうと察した。

30分ほど歩いたところで、夫はふと立ち止まり、大きく息をついた。

「病院に行くのはやめた」

「え、どうして……?」

急な宣言に私は困惑した。

「白血病は治らない。半年なら半年で仕方がない。入院して管をつけて生きるより、お前や子供たちと楽しく生きたい。仕事も最後まで目一杯やりたい」

それが夫が考え抜いた末にたどり着いた結論だった。

こういう時、どう答えればいいのだろうか。病院に行くことを勧めるのがいいのか、無理矢理にでも連れていったほうがいいのか……。

再検査を勧めたところで夫はきっと行かないと言い張るだろう。それなら、私も覚悟を決めるしかない。夫が行かないと決めたのであれば、私もその決断を支持するしかないと思った。

「分かりました。あなたがそう決めたのなら……」

私がそう言うと、夫は少し笑顔を見せた。

「さて、そろそろ帰るか」夫に促されて、私たちは家のほうへと歩き始めた。帰り道は、これから半年で何をするか話しながら歩いた。

「箱根でも行くか?」

「いいですね」

箱根は、何年か前に家族旅行したことがある。温泉があり、料理も美味しく、楽しい旅行だった。その時のことを思い出して、私は最後の思い出作りにはいいかもしれないと思った。

「よし、明日出発しよう」

「そんなに急に？」

「いいじゃないか。思い立ったが吉日というだろう。仕事はサトウに任せておける。ちょうど明日は土曜で学校は休みだ。月曜か火曜くらいまで休んだっていい」

サトウというのは、夫が会社を作った時から右腕として働いてくれている社員だ。年は夫より2つ下で、夫はサトウさんを信頼し、サトウさんは夫を慕っている。うちにも何度も遊びに来たことがあった。もしかしたらこの時、自分が死んだ後の会社はサトウさんに任せる、と決めていたのかもしれない。

「じゃあ、戻って荷物を用意しますね」私はそう答えた。

家族旅行のために学校を休ませていいとは思わない。しかし、事情が事情だ。これが最後になるかもしれないと思えば、勉強より旅行のほうが大事だと思うことにした。

夫の会社は下水工事の会社で、たまに市や民間の会社から仕事を受けることがあったが、主には古巣であるH建設から受ける下請けの仕事だった、と思う。

「と思う」としかいえないのは、私が夫の仕事についてほとんど知らないからだ。男は外に出て稼ぐ。女は家を守る。そういう考えの人で、私は家事と子育ての毎日。一方の夫は仕事一筋。家事はせず、キッチンに立つこともなく、掃除、洗濯、ゴミ捨てもしない。

ひとことで言えば昭和の男だ。無口で無骨なところはあったが、私にも子供たちにもとにかく優しい人だった。

仕事でも評判が良かったようで、社員にも取引先の人たちからも好かれていた。おかげで独立してからの商売もうまくいっていた。

建設業界では、会社を辞めて自分の会社をもつ人が珍しくない。その理由は、在籍中に資格を取っている人が多く、手に職がつく仕事であるため、独立後も商売になりやすいからだ。もちろん、独立してから会社をうまく経営できるかどうかは、商才、人柄、人脈、運などにもよる。夫はその点で恵まれていた。古巣であるH建設との関係性がよく、多少の波はあったが継続的に仕事をもらっていた。

独立した当初は、確か社員2名だったと思う。そのうちの一人がサトウさんだ。もう一人は事務の人だった。土木の仕事は体力仕事だが、愚痴は言わず、どんな仕事でも引き受けていた。すると仕事が増え、仕事が増えれば人を増やし、少しずつ会社が大きくなっていった。社員は、同業者などの紹介で入ってくる人が多く、彼らに対しても夫は手厚く世話をしてきた。若い子はお金がないため、入社したばかりの頃はうちで一緒に夕飯を食べることもしょっちゅうあった。

一方、うちは子沢山でなにかと物入りだったが、夫が頑張って働いてくれていたため経済的には余裕があった。

独立して3年目には事務所の裏の土地を買い、家を建てた。その頃には週に1回は外食し、お手伝いとしてイノウエさんを雇って、月々の家の生活費として100万円ももらっていた。あらゆることが順風満帆だった。日々の生活に何の不安も不満もない。

しかし、そんな生活が間もなく終わろうとしている。何が、どう変わるのかすら予想できない。未来のことを考えると私には恐怖しかなかった。

家に戻ると、夫は仕事の準備をして出かけていった。明日から旅行に出るなら今日中に片付けなければならないことがあるのだろう。

私は物置からスーツケースを引っ張り出して、子供たちの洋服を詰め始めた。タンスを開け、6人の子供たちの洋服を出し入れしながら、一番いい服を選んだ。

長男のお気に入りのトレーナーは、いつの間にか私の洋服より大きなサイズになっている。こんなに大きかったっけ？　そんなことを感じながら、丁寧に畳んでスーツケースに入れる。

長女と次女はお揃いの可愛いシャツ、次男と三男は、いつもはお古ばかりだが、今回は新しい洋服を下ろすことにしよう。末っ子の三女は、風邪をひかないように暖かいロンパース。夫の洋服はどうするか。いつも、つなぎとTシャツばかりだから、たまには襟付きのポロシャツが良いかもしれない。そんなことを考えながら、黙々と洋服を詰めていく。

ひと通り詰め終わったところで、私は手を止めて、「ごめんね……」と呟いた。呟いた瞬間、私の中で「死ぬ決意」が固まった。

みんなで箱根に行って、楽しい時間を過ごす。たくさん話して、お腹いっぱい食べて、十分に楽しんだら、いつか見た箱根の峠の道でアクセルを踏み込む。あの崖に飛び込めばみんな一緒に死ねるはずだ。その瞬間は怖くて、頭や体を打ったりして痛いかもしれないが、死んでしまえば怖さも痛みも消えるだろう。

子供を道連れにするのは良くない。それは分かっていた。彼らの未来を奪ってはならないことも分かっている。

しかし、私には自信がなかった。夫がいないこの世の中を、6人の子供を抱えて生きていける自信がない。自分の弱さを情けなく感じたが、他に道は思い浮かばない。私はぎゅうぎゅうに詰めた子供たちの洋服に両手を当てて「ごめんね」と、もう一度呟いた。

それからイノウエさんに旅行のことを伝えて、少し家を片付けた。箱根で事故があった後、誰かが家を見に来るだろう。その時のことを考えて、多少はきれいにしておいたほうがいいだろうと思った。

忙しくしていると気が紛れる。掃除をしているうちに順番に子供たちが帰ってくるので、おやつを出して夕飯の準備をする。夫も今日は帰りが早く、イノウエさんが帰るのと入れ替わりで、18時過ぎに戻ってきた。旅行のことは、まだ子供たちには伝えていなかった。

「夕飯の時にでも伝えようか？」

夫がそう言い、私は笑顔で頷いた。

玄関のチャイムが鳴ったのは、その時だった。

あれ？　おかしいな。全員帰ってきているはずだけど……？

居間を見渡して、子供の数を数える。1、2……5人いて、末っ子はベビーベッドで寝ている。夫もいる。

「……はい？」

「夜分に突然すみません。市立病院のタケイです」

チャイムの主は健康診断を担当してくれたタケイ先生だった。私は家族と箱根のことで頭がいっぱいで、今日の再検査に行かないと連絡するのを忘れていたのだ。

「先生、すみません、連絡するのを忘れていまして……」

「大丈夫です。それより、ちょっとお話しできればと思いましてね」

私は内心、もうこれ以上話しても仕方がないと思った。夫も私もすでに覚悟はできていたからだ。

ただ、12月の寒空の中、わざわざ来てくれた先生を追い返すのも無礼だろう。応接間として使っている部屋に入ってもらい、夫と一緒に話を聞くことにした。

「それで、病状についてなのですが」先生が切り出す。私も夫も緊張した。死の宣告を受ける。まさにそんな気持ちだった。

「覚悟はできています」夫はそう返した。

「ご主人、ショックを受けているのは分かりますが諦めてはいけません。まずは治療方針を考えましょう」

「妻と決めたんです。僕は残りの時間を大事にしたいと思っています。ですから、治療は受けません。入院もしません」

「ご主人、ちょっと待ってください。今日や明日でどうこう、という話ではありません。急性になれば生存率は下がりますが、ご主人の場合、まだそういう状況ではないんです」

先生がそう言うのを聞いて、私はふと気が抜けるのを感じた。夫も同じだったようで、思わず目を見合わせた。

「先生、そういう状況ではない、というと……?」私は思わず聞き返した。

「今日の来院時にお伝えしようと思っていたのですが、ご主人の病気は慢性骨髄性白血病だと思われます。つまり慢性の白血病です」

さっぱり要領をつかめていない私と夫を見て、先生は分かりやすく説明してくれた。いわゆる白血病と呼ばれる骨髄性白血病には、急性と慢性があり、急性になると生存率が大きく下がること。夫は、症状がないことなどから、慢性の可能性が高いこと。ただ、慢性であれば大丈夫ということではなく、移行期、急性転化期へと進行する病気であることを教えてくれた。

他にも、白血病がどういう病気なのか、どういう症状が表れるのかなども説明してくれたが、その話は私には難しく、いまいち理解できなかった。

何よりも、夫の病気は、私たちが想像していたほどは重くなく、すぐに死ぬような状態ではないことが分かり、それだけで私は満足していたのだ。

それからしばらくして先生は帰っていった。先生を見送り、私はあらためて胸を撫で下ろした。

「ふふふ」

思わず笑ってしまった。昨日の夜、あれだけ取り乱していた自分が今はほっとしている。その差が妙におかしかったのだ。隣に立っていた夫も「ははは」と笑い出した。

「おい、余命が3カ月だ半年だって、あれはなんだったんだ？」夫が笑いながら言う。

「だって、先生がそう言ったんですよ」私も笑いながら答えた。その声を聞きつけて、子供たちも寄ってきた。

「どうしたの？」

「何がおかしいの？」

私は子供たちを抱き寄せ「ちょっと良いことがあっただけ」と言った。夫は太い腕で次女と次男を持ち上げて「さ、夕飯だ。今日は鍋だぞ」と言って居間に入っていった。結局、箱根旅行のことは子供たちには話さず、しばらく延期にした。

この夜、もし先生がうちに来てくれなかったら、あと1日来てくれるのが遅かったら、私も夫も子供たちもこの世の中には存在していなかっただろう。そう考えると、先生は命の恩人であり、感謝してもしきれない。先生のおかげで、私たちは家族で楽しく過ごす貴重な時間をもらうことができたのだった。

サトウさんには、すぐに病気のことを伝えた。以来、サトウさんは、夫が会社や現場に出られないときは、経営者代理の番頭として先頭に立ち、会社を切り盛りしてくれた。

一方で、夫は「男は仕事」と考えている人だったため、入院中も病院のベッドで書類に目を通したり、市や元請けの担当者などと連絡を取ったりして仕事を続けた。

私も諦めなかった。タケイ先生や他の病院のお医者さんには完治しないと言われたが、もしかしたら治療法があるかもしれない、アメリカに行けば治してくれる先生がいるかもしれないなどと考えて、自分なりにいろいろと情報を集めた。

結局、その努力が報われることはなかったが、できる限りのことをしたつもりだ。症状には波があるようで、たまにふと元気になったり、食欲が回復してたくさん食べるようになる。そのような姿を見て、「まだ大丈夫」「来年までいける」と励まし、家族で過ごす時間を目一杯楽しんだ。

そして、白血病が発覚してから6年ほど経った１９８９年3月、夫は天国へ旅立った。

「あと数日で桜が咲きそうだ」

「50歳の誕生日も近づいていますよ」

病床でそんな話をしていたが、力尽きたように瞼を閉じた。不安と苦しさが続いた闘病生活だったが、夫は弱音一つ吐くことなく最後まで治療を受けた。

私にとって幸運だったのは、6年という時間の猶予をもらったことだった。箱根旅行を決めた時、私は「自分には無理だ」と決めつけていた。深く考える時間がなく、心の余裕もなく、崖に飛び込む以外の選択肢が考えられない状態になっていたのだ。

しかし、冷静になって考えることで、少しずつだが子供たちを育てていけそうな気がしてきた。

子供たちも大きくなり、長男は20歳、生まれたばかりだった末っ子も小学校に通うようになった。私一人では無理でも、イノウエさんや親戚に力を借りれば、どうにかなるかもしれない。夫が病気と戦っているのだから、私だけ逃げ回っているわけにはいかない。そう思えるようになったのだ。

残された資産と借金

H建設の社長と幹部の男性がうちに来たのは、葬儀が終わって1週間ほど経った時のことだった。H建設の社長は何度も家に来たことがあり、顔も知っているし話したこともある。H建設の社長は市の建設業協会の会長も務めていたため、H建設の社長とも、協会の幹部の人たちとも、地域の業者が集まる協会のゴルフコンペで何度か一緒の組になったことがあった。

「こんな時に押しかけてすまないね」H建設の社長はそう言い、一緒に来た男性とともに応接間のソファーに座った。

「それで、私に何か……」

「会社の今後のことを聞きたいと思ってね。知っていると思うが、ご主人にはうちの下請けをしてもらっていたし、今も仕事を頼んでいる。我々とは業務資本提携の関係、つまり会社設立の際に出資した関係で、資本の上ではうちが株主ということになる」

「それはなんとなく聞いています」

「それで、会社はどうするつもりなんだい？」

「どうする、と言われても、まだきちんと考える余裕もない状態で……」

「そうだな。その通りだ。そんな時期に押しかけて申し訳ない。ただ、こっちにも資本解消や税務の手続きなどがあって事務的なことを決めなければならん。会社を続けるのか、たたむのか。おそらくたたむことになるのだろうが、その場合、社員や建設機械はどうするか。ご主人には多少の手形もあって、その支払いをどうするか。そこだけでも聞いておきたいと思って来たというわけだ」

正直なところ、家のことで精一杯で会社については何も考えていなかった。しかし「分かりません」で済む問題ではなさそうだった。

夫の資産は私が相続することになるのだろう。その資産には会社も含まれるため、私が会社をどうするかによってサトウさんをはじめ社員の人たちの今後も変わる。もう一つ気になったのは手形の支払いという話だった。

「手形というのは会社が借金しているということですか？」

「簡単に言えば、そういうことだ。出資金と未払いの手形を合わせて、だいたい1億3000

万円くらいだろう」

払えない額ではない。多少の預金はあるし、夫の生命保険が振り込まれるはずだ。しかし、払ってしまったら残りはわずか。保険金は夫が子供を育てていくために用意してくれたお金で、それがなくなってしまったら一家が路頭に迷うかもしれない。

「すぐに決めなければならないのでしょうか……?」私はそう聞いた。

「いいや、金額が大きいし、君は家族のことも考えなければならない。ゆっくり考えてもらって構わない。なんならうちの子会社にして経営を引き継いでもいいと思っているんだ。それもあって、今日はうちの協会の幹部も連れてきた。彼は優秀だ。会社をきちんと引き継いでくれるだろう」

H建設の社長がそう言うと、隣に座っていた幹部の男性が少し腰を浮かせて会釈をした。

会社を乗っ取られる。直感的にそう思った。

H建設の社長が悪いことを企んでいるとは思わない。うちには何度も遊びに来たことがあるし夫も慕っていた。しかし、H建設の社長の話し方なのか、幹部だという男性の表情なのか、あるいは、急展開する話が怖かったのか、いずれにしても何か企みのようなものがある気がしたのだった。

「サトウさんと相談して、お返事します」私はそう答えた。

それから少し話をして、H建設の社長と幹部の男性は帰っていった。彼らを見送り、私は一人、今後について考えることになった。

借金を返済し、残ったお金で慎ましく暮らしていくか。もしくは、会社を引き継いで、借金返済のために仕事をするか。

どちらを選ぶにしても人生は大きく変わる。夫が病気になり、私は地獄を経験したと思っていたが、そうではなかった。最愛の夫を失ってもまだ耐えなければならない地獄が待っていたのだ。

一番下の子はまだ小学生だ。借金を返した残りのお金で子供たちを育てていく自信はない。かといって、会社経営のことは一つも分からない。ましてや夫の会社は男社会の土建業だ。社会人経験がほとんどない温室育ちの私に経営ができるはずもない。

ただ、どちらかを選ばなければならないのであれば、私は会社を引き継ぎたいと思った。最後の最後まで病床で仕事をしていた夫の姿が脳裏をよぎった。夫は会社と社員を大事に思っていた。もし元気なまま引退できたとしたら、息子に会社を引き継いでもらいたいと思っていたかもしれない。そう考えた時、会社は大事な夫の形見であり、簡単に手放してはいけないと思ったのだ。

これまでずっと、私は夫に守ってもらいながら生きてきた。今度は私が夫を守る番だ。病気から夫を守ることはできなかったが、会社と従業員は守れる。

よし。やろう。やってみよう。

こうして、夫が会社を立ち上げてから22年後の１９８９年、私は社長になると決めた。自信も経験も何もない状態で、土木の会社の社長として新たな出発をすることとなったのだ。

目次

駆け引きと裏切り

女が舐められる世界

勝利

戦いは続く

これがダンゴウか？

ゼロからの社長業

H建設の社長が来た翌日、私は会社に出向き、サトウさんに社長になると伝えた。

「本気ですか?」

サトウさんが聞く。サトウさんは、夫が最も信頼する仲間で、うちにも何度も来たことがあるため、私もサトウさんとは旧知の仲だった。私が土建業について何も知らないことも、ずっと専業主婦だったことも、営業も経理もあらゆることが未経験で、社会人生活の経験すらほとんどないことも知っている。

だからこそ、確認したかったのだろう。「本気ですか」の問いは、私の意志と覚悟を問うものだった。男社会で体力仕事の土建業は生半可な気持ちでは通用しない、一時的な薄っぺらな感情論ではどうにもできない、そういう社会に足を踏み入れることへの最終警告だった。

「はい。素人の私には大役です。しかし、夫の形見でもあるこの会社を夫に代わって守りたいと思っています」

「そうですか」サトウさんはそう言うと、少し笑みを見せた。

「覚悟は分かりました。では、全力で支援させてもらいます」

「ありがとうございます！　よろしくお願いします！」

こうして私は夫の後を継いで社長となった。何も知らない私と、なんでも知っているサトウさんが率いる新体制になったのだ。


会社の仕事は夫が最後の最後まで取り仕切っていた。H建設の社長や、地区の業者や取引先の人たちは、何度かうちに来たことがあるため知っていたが、仕事の内容については分からない。夫に仕事の話を聞いたこともなく帳簿も見たことがない。

まずは仕事を学ぶところからスタートだ。会社には社員が7人いる。サトウさん、元請けとのやり取りなどをする営業が2人、現場監督と施工などを行う直営班が4人だ。

まずは一人ひとりの顔、名前、仕事内容を覚える。次に、いつ、誰が、どこで、何をしているのか把握し、過去にどんな仕事があり、どんなお客さんがいるのかを覚えた。工事代金や費用などを把握するために、帳簿などの資料も読み込んだ。

資料の中には、ところどころ夫の筆跡らしい文字があった。体格の割には筆圧が弱く、数字も漢字もだいたい右上がりだ。きれいとはいえないクセ字だが、そんな字を見つけるたびに、夫が20年以上かけて歩んできた道をたどっている感じがした。

夫の仕事は、私が決して立ち入ることがなかった「男の領域」だ。そこに今、こうして踏み込んでいる。多少のどきどき感と後ろめたさがあった。

帳簿を見ると、収益の多くは夫の古巣であるH建設からの下請けのようだ。他の仕事は、民間企業が発注者の場合もあれば、市から元請けとして引き受けた公共事業もあった。

サトウさんの案内で、工事中の現場にもよく足を運んだ。

仕事は帳簿の数字を見るだけでは分からない。1000万円の仕事がどういうものなのか、3000万円の仕事とどう違うのかといったことは、現場を見て、規模や迫力を実感することによって理解できるものなのだ。

注文を受けると、直営班の社員が工事のスケジュールを組む。そのスケジュールに合わせて必要な人と機材を揃えて、工事がスタートする。

うちの直営班は現場監督と工事の進捗管理が主で、現場で実際に作業をする人はいない。作業者はその都度日雇いの人を集める。市の工事を受注し、うちの会社が元請けとなった場合は、下請けの業者に依頼して、現場の工事を任せることもあった。このような人集めや打ち合わせなども一つひとつ同行して、私は仕事の流れを把握していった。

仕事の具体的な内容は、社員からも教わった。社員との関係は、社長になってから最も気にしたことの一つだった。

今までの会社は、夫と社員の信頼関係で成り立っていて、夫が中心になって仕事を取ってきていた。H建設の仕事も夫が取っていたし、知り合いや紹介を伝って民間企業の仕事を取ってきたり、入札で市から公共事業の仕事を取ってきたりするのも夫だった。

仕事が増えればたくさん稼げる。社員の給料も増える。社員が安心して働くことができ、生活を守るためのお金を稼ぐことができたのは、その背景に、仕事をちゃんと取ってくる夫の存在があったからだ。

今は状況が変わり、私がその役目を果たさなければならない。

「コネも営業経験もない人にそんなことができるだろうか」

そう思われたら、社員はよその会社に行ってしまうかもしれない。そもそも男社会であるため女性であるというだけで頼りないと見られがちだ。

そうならないように、私は社員との親睦にも力を入れた。毎月1回、お寿司屋さんや焼肉屋さんに社員と一緒に行って、現場仕事について教わったり、仕事以外の話を聞いたりしながら懇親を深めていくことにした。


社長になってから、私はいつも考えていたことがある。それは「同情は3年しか続かない」ということだ。

社長になったばかりの頃は周りの人たちが私を労ってくれる。しかし、それには理由がある。私が30代で未亡人になり、6人の子供がいるからだ。同情されるには十分な状況といえる。

ただ、同情は一時的なものだ。いつまでも「かわいそう」「助けてあげよう」などと思ってもらえるはずはなく、そんな優しさを期待するのも間違いだ。

3年もすれば、みんな忘れる。「そういえば、あの人は未亡人だったっけ」そういう感覚になる。

そうなる前に独り立ちして、社長としてきちんと仕事ができるようにならないといけない。

どんなことがあっても、最低3年は石にかじりついてでも踏ん張る。そう心に決めて、必死で仕事を覚え、周りとの関係を築いていこうと取り組んだ。

毎日のように現場に出て、営業にも出た。入札のやり方を覚えるために、市庁舎にも出向いた。入札は、その後オンライン入札が主流になるが、当時は市庁舎に足を運び、金額を記入した札を入れていた。

入札会場では、市内のあらゆる業者が入れ替わり立ち替わり淡々と札を入れていく。その様子を見ながら、市にはこれだけ多くの仕事と、その仕事を狙う業者がいるのかとあらためて実感した。

同業他社の社長と最初に接点をもったのも市庁舎を訪れたときだった。

その日、私はサトウさんから言われ、入札会場に来ていた。「何事も経験ですから」と、サトウさんに言われるまま、金額を書いた札を箱に入れるだけの子供のお使いのようなものだった。

手続きを済ませて、入札する。入札を終えたら、あとは結果を聞くだけだ。

みんな、いくらで入札しているんだろうか……。そんなことを考えながら、結果が出るまでの間、私は会場の椅子に座って出入りする業者の人たちを眺めていた。

ふと見ると、前方で誰かが私のほうを見ていた。スーツ姿の男性で、見た感じは60歳くらいだ。もしかしたら社長か、それくらいの地位の人なのかもしれない。

軽く会釈をすると、相手も会釈をして近づいてきた。

「こんちは」

男性はそう言うと、私が胸につけている名札を見た。夫が他界したことを、おそらく知っていたのだろう。社名を見ると、キツネのような目をさらに細めて、「社長が死んで、いろいろ大変でしょう?」と言った。

「ええ、まあ……」

「ちゃんと給料出てる?」

「給料、ですか。ええ。でも、新人みたいなもんですから」私は言葉を濁したが、新人であることは事実だ。

「ま、困ったら連絡してよ。うちも事務の人が足りないから」キツネ目の男性はそう言うと、名刺を渡し、去っていった。

私はどうやら事務員と思われたようだった。業界的には、30代くらいの女性は事務職が多いのだろう。

もらった名刺には、B技研の社長と書いてある。聞いたことがない会社だったが、この社長とは後に何度も会うことになるのだ。

仕事を取るための2つの方法

その後も何度か市庁舎に足を運んだ。気がついたのは、土木、上下水、舗装といった工事の入札が何件もあるということだった。

その様子を見ながら、これはチャンスではないか?と思った。仕事がたくさんあるなら、コツコツ受注していくことで会社として稼ぐチャンスを増やしていけると思ったのだ。私はさっそく、そのことをサトウさんに伝えた。

入札で市の仕事を増やしたい。そう伝えると、サトウさんも賛成してくれた。

ただ、私は入札がどんなものかよく分からない。そこでサトウさんにお願いして、市から公共事業を受注する仕組みについて教えてもらうことにした。

市から仕事を受ける方法は大きく2つに分けられる。一つは「ズイケイ」、もう一つは入札だ。

ズイケイは「随意契約」を略した業界用語で、市が業者を指定して直接仕事を依頼する。市との直接契約であるため入札はない。

市としては、ズイケイは入札などの手続きがいらず、技術力などが分かっている業者を指定できるため、その点での安心感がある。一方の業者も、入札の場合は安くしなければ仕事が取れないが、ズイケイであれば市との直接交渉で契約が取れる。

ズイケイが多いのは、災害などが起き緊急で工事が必要になった時や、少額の工事が必要な時だ。緊急時は入札している間に被害が広がる可能性があり、少額の工事は入札のために手間や費用をかけるのが効率的ではないため、こういう時にズイケイが発生しやすくなる。

「少額というのは、いくらくらいの仕事を指すのですか？」

「確か、資料があったはずです」そう言うと、サトウさんは書棚を開けて資料を取り出した。

「うちの市の場合は、工事金額で250万円以下です」

「そういう仕事は、市が実力を認めてくれれば直接受注できるということですね」

「そういうことです」


仕事を受ける2つ目の方法は入札だ。

「入札がどういうものかは、分かりますよね？」サトウさんが聞く。

「ええ、オークションのようなもの、ですよね？」と、私は答えた。

「そうです。物品などのオークションは高値をつけた人が落札しますが、公共事業の場合はそこが逆で、安く入札した業者が落札します」

サトウさんによれば、入札は、一般競争入札と指名競争入札がある。一般競争入札は、入札資格がある業者なら誰でも参加できるもの、指名競争入札は、市などがあらかじめ選んだ業者だけが入札できるものだ。

一般競争入札は、参加資格があれば実績数が少ない業者でも入札できるため、新規参入の業者にはチャンスだ。入札者の制限が緩いため、公平性が高く、透明性も高くなる。

指名競争入札は、市が業者をランク付けし、一定の実績や技術力があると評価した業者だけが入札するため、工事の質が維持できるのが利点だ。

「うちは指名業者なのですか?」

「はい、先代の頃から土木工事と下水工事の実績がありますので、この2つで市の指名業者になっています。ただし、業者には会社の規模や実績を踏まえた格付けがあります」

「格付け、ですか?」

「はい、格付けは、発注者となる市などが評価するもので、うちの格付けは、AからDの4段階でDランク。工事料金は、Aランクが最も高く、Dランクが最も低く設定されます。つまり、うちは指名業者ではありますが、受注金額が大きい工事などには入札できません」

サトウさんの説明を聞いて徐々に仕組みが分かってきた。また、舗装工事は実績が少ないため指名業者にはなっていないことも分かった。

土木と下水。ここは狙えるかもしれない。舗装工事を積極的に取っていけば、舗装の指名業者も狙えるかもしれない。付け焼き刃の知識だったが、徐々に仕事を広げていくための道が見え始めた。

忙しくしていると、あっという間に時間が経つ。1カ月が経ち、半年が経ち、気づけばもうすぐ社長になって1年が経とうとしていた。

夫が亡くなって以来、会社の売上は下がり続けていた。H建設からの下請け仕事はあるが新規の仕事がない。その理由は明らかで、私が仕事を取ってくる役割を果たしていないからだった。

そのことに、私は焦っていた。肩書きとしては社長となったものの、実態として、仕事を取り、売上を作るという役割を果たせていない自分に、不甲斐なくも、情けなくも感じていた。

グレーな世界を知った1本の電話

どうにかしなければいけない。なんとか仕事を増やして、会社の役に立たなければいけない。会社に1本の電話がかかってきたのは、そう思っていた矢先のことだった。

電話の主は市内で土木事業をしているE建設の社長だった。社長とは入札会場で名刺交換したことがきっかけで、その後も会った時には挨拶をするくらいの仲になった。周りの業者の中では、比較的私に対して友好的だった。気さくに声をかけてくれることもあり、だいたいニコニコしている。恰幅がよく、いつも作業服で、人がよさそうな土建屋の社長という印象で、年は私よりひと回りほど上だった。

「忙しいとこ悪いね。ちょっと相談があるんだけどさ」社長の言葉はいつものように歯切れがよく、明るい声だった。

「どんなことでしょうか?」

「来週、市の入札があるんだ。そこで、ちょっと聞いてほしい話があってな、急ぎで悪いんだが、明日うちの会社に来てくれないか?」

「明日ですね。お昼過ぎくらいでしたら伺えますが」

「おお、それでいい。じゃ、待ってるよ!」

社長はそう言って電話を切った。

「相談」がどんなものかは分からない。しかし、断る理由もない。新米社長の私にはどんなことでも学びになるだろうと思った。

翌日、言われた通りE建設を訪ねた。競合他社を訪ねるのは初めてのことだった。E建設は界隈では羽振りがいいと聞いていたが、まずは平屋のうちとは違うコンクリート造りの立派なビルに圧倒された。

受付の女性に声をかけ、応接室に通される。ドアを開けると、大きなテーブルに6人の男性が座っていた。

「おお、よく来てくれた」E建設の社長が立ち上がり、私を歓迎してくれた。

席に通されて、他の男性たちを紹介される。E社長を含め全員が同業者で、社長や営業部長など肩書きがある人ばかりだった。名刺を交換して挨拶を終えると、E建設の社長はさっそく本題に入った。

「電話でもちょっと話したように、来週、市の入札がある。K川の河川整備工事だ」

その件については知っていた。つい先日、サトウさんたちと一緒に工事の内容などを知ったばかりだったからだ。

「それでな、入札の仕組みについてどこまで知っているかは分からんが、今回の入札については、S組が『立候補』する」

社長がそう言うと、S組の社長が軽く手を上げて微笑んだ。

「そこで、おたくにも『協力』してほしいと、まあ、そういう話なんだ」

「協力、というのは?」

「簡単にいうと、見送ってほしい。もちろん、これはどこが仕事を取るかの『調整』だから、おたくが立つときはこっちもきちんと配慮させてもらう」

「立つ」というのは「この仕事を取りたい」と立候補するということを指すらしい。つまり、うちが取りたい仕事があるときには社長たちが協力してくれる。その代わり、K川の工事はS組が取るということで、この場で事前の「調整」を行おうという意味だ。

「もし入札を見送った場合、順番に仕事が取れるようになるのでしょうか?」

「順番ということではなくて、現場がどことか、今期の売上状況がどうかとか、そういう相談をしながら話し合いで決めるということだ」

「それは困ります。ご承知の通り、うちは社長が変わって仕事を必要としています。今回の入札はすでに工事内容の検討もしていますし……」そう伝えたが、社長は食い下がる。

「それは分かった上での相談なんだ。おたくにとっても悪いことではないよ。これから公共事業の元請けを増やしていく算段なんだろう？　だったら、まずはきちんと仕事が取れるようにして、実績を積めるようにしなきゃいけない」

「そうかもしれませんが、せっかくですがお断りします」

私はそう伝えて、応接室を後にした。

「……これだから、女は面倒なんだよなあ」

背後で、誰かがそんなふうに話している声が聞こえた。

会社への帰り道、私はかなりイライラしていた。

馬鹿にしている。舐められている。感情的になってはいけないと思うのだが、悔しさと怒りの感情がとめどなくあふれてきた。

E建設はうちの何倍もの規模がある会社だ。実績もある。従業員もたくさんいる。しかし、うちだって必死で稼ごうと努力している。売上が減っていく中で、一つひとつの仕事を真剣勝負で取りにいかなければならないのだ。

その努力を「見送ってほしい」のひとことで片付けようとするのはどうなのか。何の権利があって、うちの仕事に口出しするのか。

考えれば考えるほどイライラした。きっと私が素人の女社長だから舐められたのだろう。そう思うと、余計に腹が立った。

会社に戻ると、席に着いて大きく息を吐いた。

「E建設、どうでしたか?」サトウさんが聞く。

「ホント、馬鹿にしていますよ。帰り際に、「女は面倒」という捨て台詞までもらいました。何なんですか、あの人たち」

「女性は潔癖で、政治を知らない。そんなふうに思われたのかもしれませんね」

「あれは政治なんかじゃありません。うちみたいな小さい業者を狙ったいじめですよ」

「そうかもしれませんね。それで、どんな話だったのですか?」

サトウさんに宥められながら、私は「来週の入札を見送れ」と言われたことなどを伝えた。

「やはり、そうでしたか」サトウさんが言う。

「やはりって、知っていたんですか?」

「いいえ。ただ、付き合いが薄いE建設に呼ばれたと聞いて、そんな話ではないかなと思っていたんです」

「そんな話……。こういう話って、珍しいことではないんですね？」

「ええ。『談合』ですよ。うちが入札で仕事を増やしていこうとしていると知って仲間に入れようと考えたわけです」

「談合……」

私はこの時まで談合がどんなものか分かっていなかった。なんとなくのイメージはある。業者同士が内々に相談して、入札価格を調整したり、仕事を独占したりすることを指しているのだろう。それが法律上はまずいことで、談合、カルテル、独占禁止法違反といった呼び名で逮捕される人がいることも知っていた。

そうか、あれが談合だったのか……。私はこの時まで、談合はもっと遠いところで行われているものだと思っていた。自分たちとは関係ない、都市部の大手企業がやっていることだと思っていたのだ。

「談合って、身近なところで行われているんですね」

「どこまでを談合と呼ぶかにもよりますが、業者同士で入札価格などを相談し合うことは珍しくありません」

「もしかして、夫も……？」

私は急に怖くなった。私のイメージとして談合は違法行為だ。夫がそのようなことに手を染めていたのではないかと思い、知ってはいけないことを知ってしまうのではないかという恐怖を感じた。

「いいえ、先代の頃は下請け仕事がほとんどでした。市の仕事もありましたが、私が知る限りでは談合はしていなかったと思います」

サトウさんがそう言うのを聞いて私は少し安心した。一方で、談合の仕組みや内情についても興味が湧いた。

談合の背景

「サトウさん、もう少し詳しく教えてくれませんか？」

私はそう伝えて、仕組みについて勉強することにした。

「さっきの集まりの名刺を見せてもらえますか」サトウさんはそう言うと、私がもらった6枚の名刺を受け取り、テーブルの上に並べた。

「先日、入札には2種類あるという話をしたのを覚えていますか」

「はい、ズイケイ以外なので、一般競争入札と指名競争入札、ですよね？」

「そうです。ちょうどここに参加している6社は全て土木に強い会社です。うちも含めれば、7者全てが土木の指名業者です。おそらく、市から出る土木の仕事で談合しようと考えているのでしょう」

「来週入札があるK川の河川整備の工事だと言っていました」

「なるほど。土木の指名競争入札はたくさんありますから、河川整備をきっかけに今後も仕事を持ち回りにしたい、ということなのでしょう」

「指名業者のほうが談合しやすいのですか？」

「一概には言えませんが、指名競争入札は入札に参加する業者が協会に連絡します。そこで参加者が分かるため、事前に相談や調整がしやすくなるでしょう」

「協会というのは、H建設の社長が会長を務めている協会のことですか?」

「はい。うちも含めて市内の業者の多くは協会の会員ですし、協会の中には、土木の会、上下水道の会、舗装の会があります。例えば、下水の工事で入札するなら、上下水道の会に連絡するわけです」

話を聞いて全体像が見えた気がした。指名業者になると、指名業者だけの入札に参加できる。入札に参加する業者は限られ、協会を通じて顔見知りであるため、そこで談合ができるというわけだ。

「談合すれば、順番に、安定的に仕事が取れる、というわけですか?」

「仕組み上はそういうことになります。談合では、その時々で受注することになった業者をチャンピオンといい、談合する業者が持ち回りで仕事を受注することをチャンピオン制といいます。また、持ち回りで仕事が取れるほかに利益率も高くできます」

「つまり、高い価格で受注できる、ということですか?」

「そういうことです。入札ではどの業者も高い価格で入れたいのですが、受注できるのは安く入れた業者ですから、高く入れれば受注できる確率が下がります」

「仕事が取れないわけですね」

「はい。通常の入札では、落札価格は結果であり、全員が入札してみないと分かりません。しかし、参加者の間で合意があれば、先にチャンピオンが受注したい金額を決められます」

「なるほど。他の業者はチャンピオンより高い価格で入札すればいいわけですね」

「そうです」

「でも、それって違法なんですよね？」

「談合は公平性を損ないますし、業者が取る利益が不当に増えますからね。公正取引委員会が目を光らせていますし、談合と認められた場合は刑法の罰則もあります」

サトウさんによれば、談合と認定された場合、業者は排除措置命令を受けたり、課徴金が発生したりする。また、談合罪という罪もあり、有罪となった場合は懲役や罰金になることもあるという。

「それでも談合している業者はいるんですね」

「それだけ旨味があるということです。業者にとっても市にとっても、談合は必要悪という認識があるのです」

「業者にとって旨味があることは分かったのですが、市にも旨味があるのですか？」

「あります。例えば、市が発注する工事は、内容、金額ともに様々です。その中には、業者側から見て、手間がかかったり金額が小さいといった理由で、やりたくないものもあります」

「確かに、そうですね」

「そういう仕事は、不調や不落になる可能性があります。不調は、入札する業者がいないもの、不落は、市が予定している価格よりも安く入札する業者がいないものです」

「市としては工事ができなくなり困るわけですね？」

「はい。そこで、業者の集まりである協会と協力して、うまく捌いてもらいます。協会内には業者同士の交流がありますし、H建設をはじめ協会や協会内の各会の長は地元の大手で力がありますから、そのつながりと力を使って、誰が、どの仕事を、どういう条件で引き受けるか話し合ったり決めたりできるわけです。例えば、不調になりそうな悪条件の仕事を協会内の業者に受注してもらい、その代わりとして条件が良い仕事を取れるようにするといった調整をするのです」

また「調整」か。聞こえは良い言葉だが、実際には裏取引だと思った。ただ、業者と市の事情を考えると、確かに談合は必要悪であるような気もした。市民としては、一部の業者が不当に利益を取ったり、そこに余計な税金が使われることは嫌だが、条件が悪いという理由で工事が必要な場所が放ったらかしになるのも困る。この微妙なジレンマを談合という形で処理しているというわけだ。

「協会には何かいいことがあるのですか？」

「協会幹部の会社は、市の面倒を見る代わりに市から割のいい仕事や金額が大きな仕事がもらえます。もともと格付けが高い会社ですから金額が大きい工事が取れますし、ズイケイにすれば誰の邪魔も入ることなくいい仕事が取れます。その点で見れば、談合の仕組みは、市にも業者にも協会にとっても利益があり、壊れたら困るもの、ということもできます」

そう聞くと、ますます談合が必要悪であるという気がした。E建設の社長が「おたくにとっても悪いことではない」と言った意味も、私はようやく理解した。

「談合に加わることなく、自由に入札してもいいんですよね？」

「フリーで入札、ということですね。もちろんです。そもそもそれが本来の入札の姿ですから」

「そうすると、仕事が取りづらくなるのですか？」

何よりも知りたかったのは、会社にとってどんな利益があるかを知ることだった。サトウさんは少し考えて、こう言った。

「業者によっては取りづらくなることがあるでしょうが、うちの場合でいえば、取りやすくなる可能性が大きいと思います。談合の入札はチャンピオンの利益を増やすために高めに入札される傾向があります。そこで勝つためにはチャンピオンより安く入札すればいいわけですし、その分だけ利益は減りますが、うちの場合は利益が出せるでしょう。同業他社の多くは受注した工事を下請けに出しますので、その分のコストを考えなければなりません。うちは直営班をもっていますから、他社より安く入札しても利益は出せると思います」

「そこがうちの強み、ということですね？」

「はい、実際、先代の頃からうちはフリーで入札してきましたし、落札した工事も利益が確保できていました。ただ……」

「ただ？」

「周りはよく思わないでしょうね」

「周り、とは」

「協会と、談合している協会内の業者です。先代は周りの業者との関係を大事にする人でしたから、そこを気にしていました。入札するなら談合がなさそうな工事を選んでいましたし、入札よりも下請けを多く引き受けていたのも、周りとの関係性を考えていたからだと思います」

考えてみれば当然のことだ。うちが安く入札すれば、談合でチャンピオンになれる業者は嫌がる。フリーで入札するうちに勝つためには価格を下げなければならず、すると利益率が下がるため、談合する意味が薄れてしまう。

E建設の社長が私に連絡してきた意図が分かった。フリーで入札する指名業者が少なければ少ないほど、彼らは談合で利益を出すことができ、私が談合に加わることが彼らにとって安心材料になるというわけだった。

会社のための選択

もしかしたらE建設の誘いに乗ってみるのも一つの手かもしれない。ふと、そう思った。

現状、会社の仕事は減り、売上も減っている。何か手を打たなければならず、仕事が減ることで社員からの信頼も薄れてしまう。会社は、お金が減っても人が減っても潰れてしまう。社長になって1年が経ち、私はその危機に立っている。

この事実は受け入れなければならない。仕事を取ることと稼ぐことが社長である私の役目だとすれば、そのための手段が必要だった。

もし談合に参加したらどうなるだろう。彼らの輪に加われば、市の仕事が取れる可能性が高くなる。安く入札する必要性もなくなり、1工事あたりの利益率も良くなる。

倫理的には、ダメだ。法律についてはよく分からないが、黒に近いグレーだと思う。しかし、会社を立て直す方法としてはアリかもしれない。

夫もかつて、同じことを考えたのかもしれない。私は少し黙り込み、そんなことを思った。

「難しい選択ですね」サトウさんが私の心を読んだかのように言う。

「そうですね……」

気づけば、だいぶ遅い時間になっていた。私はもう一つだけ質問をした。

「サトウさん、もし夫が生きていたら、どういう判断をしたと思いますか?」

「私には先代の考えは分かりません。一つ言えることがあるとすれば、今の社長は先代ではなく、2代目だということです」

「そうですね、どうもありがとう」

「お先に失礼します」

サトウさんを見送りながら、私は自分を戒めた。

甘えていてはいけない。私は社長で、会社を背負っている。会社を守り、社員を守るために、誰よりも真剣に考えなければならない立場なのだと、あらためて思った。


E建設の社長から連絡が来たのは、それから数日後のことだった。K川の河川整備の入札は、もう目の前に迫っている。

「社長、先日はすまなかった。社長になったばかりのあんたに無理を言ったと反省している」

「いいえ、お気になさらず。私のほうこそ不勉強で失礼しました」

「それで、悪いけど、もう一回だけ話をさせてもらえないだろうか？」

「ええ、構いませんよ」

そんなやり取りがあり、私は再びE建設を訪れることになった。E建設では、前回と同じメンバーが待っていた。

「わざわざすまないな」

「いいえ、大丈夫です」私はそう答えて、椅子に座った。

「もう一回、仕切り直させてほしい。K川の入札のことだ」

社長はそう切り出すと、6社でどんな調整をし、どんな仕組みで仕事を持ち回りにしているか詳しく説明した。

おおよその仕組みは想像していた通りだったが、入札金額の決め方や、市の仕事がそれぞれの会社にとってどれだけ大事なのかといったことも社長は熱心に話した。

「ここにいるのは6社の代表だ。6社の総意として、ぜひ聞いてほしい。おたくを含む7社で協力してやっていきたい。だから、今回の工事はS組に取らせてくれ。もちろん、おたくにもちゃんと順番に仕事を回していくつもりだ」

そう言われて、私は社長の顔を一人ひとり見返した。

どこまで信じていいのか分からない。「女だから」「若いから」という理由で舐めている気持ちもあるだろう。

ただ、私の心はここに来る前から決まっていた。

「分かりました。順番に仕事を回してもらえるということでしたら協力させていただきます」

そう答えると、E建設の社長は満面の笑みになり、他の社長たちもほっとしたような表情を見せた。

「そうか。よし、よかった、よかった」社長はそう言い、手を叩いて喜んだ。

「我々の今後の発展のために、団結して頑張りましょう」と、S組の社長が言う。

子供のようにはしゃぐ面々を見ながら、私はようやく土建業の世界に馴染み、仲間になれたような気がした。こうして私は談合に参加することになったのだ。

駆け引きと裏切り

話し合いと騙し合いの協議

1990年に入り、世間では盛んに日本経済のバブル崩壊が囁かれ始めていた。「株が下がった」「地価が暴落している」など、不景気な話題が飛び交う。そういう話は、私たちが入札の話し合いをしている喫茶店でもあちこちから聞こえてきた。

入札の話し合いは、要するに談合だ。E建設の社長から誘いを受けて、私は市内の同業者の輪に加わり、談合によって仕事を取り始めていた。

主に関わっていたのは土木工事の入札だった。当初はE建設を含むいくつかの業者と話すだけだった。順番を待てばうちが仕事を取れるはずだ。入札金額も、フリーで入札するより高くなる。夫の死によって売上が減っていたなかで、市の仕事が取れて、しかも利益率が良くなることは、その時の私にとって必要な選択肢だった。

一方で、談合は土木だけでなく下水や舗装の入札でも頻繁に行われていることが分かった。談合を通じて業界内外の情報を得ていくと、私が想像していたよりも談合で決まる工事が多いと知った。協会内では、別の業者から別の談合の誘いを受ける機会が増えた。その話に乗って、私が関わる談合の数も徐々に増えていった。

談合の内情が分かるほど、非常に組織的で、よくできた仕組みだと思った。よく考えられているし、参加する業者がある程度仕事が取れるようになっている。だから、昔から談合は続いてきたのだろう。

談合は、談合の仕組みがきちんと機能しているグループ内、つまり、チャンピオンが順番に回り、譲ったら譲ってもらい、譲ってもらったら譲るルールが守られることによって、業者グループの間での不平等感がない仕組みとしてスムーズに進む。順番が持ち回りなら、今回は誰がチャンピオンになるか確認して入札金額を決めるだけだ。

しかし、そういう談合は稀だった。ほとんどの場合は複数の業者が立候補する。前回譲ってもらった恩があったとしても、目の前の工事を取りたいという思いのほうが強くなるため、そこで話し合いの必要性が生じ、チャンピオンになりたい業者同士でお互いに自社の事情などを話して、チャンピオンを決めることになる。

この話し合いを、私たちは現場近くの喫茶店などで行っていた。

指名業者による入札は、市の工事が発生したときに指名業者がまず協会に報告し、他の業者を教えてもらう。土木工事であれば協会の土木会、下水工事であれば協会の上下水道の会に連絡する。例えば、うちは市の評価による土木工事業者の格付けがDランクだったため、Dランクの業者が入札できる工事が発生すると、市からうちに指名の連絡が来る。その連絡を受けて、会に連絡すると、チャンピオンになりたい業者から話し合いをしようと連絡が来るわけだ。

ここからは具体的な交渉だ。うちがその仕事を取りたい場合、指名を受けた他の業者に電話をして入札する気があるかどうか確認する。

入札を検討している業者であれば、話し合いだ。複数の業者が入札を検討しているとしたら、各社の代表がどこかに集まり、誰がチャンピオンになるか決める。

話し合いの場所は談合する業者の誰かが喫茶店を探して連絡する。業者それぞれの住所を見て、だいたい中間地点となるあたりの店に代表者が集まる。

私が最初に参加した話し合いは、隣の市にある喫茶店で行われた。

集合時間は午後1時。立候補している業者はうちを含めて4社あり、余裕を見て10分前に行ったところ、すでにライバルである3社の代表が全員揃っていた。

談合の第一のルールは遅刻厳禁である。13時と決めて、13時に来ていなかったら、その時点で話し合いに参加する意志が弱いとみなされる。つまり、その入札は諦めなければならない、ということだ。そのせいもあって、どの業者も、集合時間の30分前には来ていた。

もう一つ重要なルールは、会社における決定権をもつものが参加することだ。私は社長で、うちの会社の方針も受注金額も決めることができる。他社の場合も同様に、話し合いに参加する人の役職は営業部長でも専務でもいいのだが、決定権をもっていなければ話し合いには参加できない。「社長に確認を取らないと……」などと言っている人は、その場で帰されることもあった。

この条件を満たしていることが確認できれば、あとは話し合いだ。どうしてもチャンピオンになりたい理由をそれぞれの代表が主張し、最終的に1社に絞り込む。

「この工事はうちの会社の近くなので、うちに取らせてもらいたい」

「うちは毎年5件の土木工事を取っていたが、去年は4つだった」

「うちも去年の売上が厳しかった。この工事を譲ってくれないか」

そういう主張を言い合いながら、「譲ってもいい」という業者がいれば、降りてもらう。降りるということは「貸し」を作るということで、談合は継続的に行われるため、複数の業者に貸しを作ることも重要だった。貸しがある相手と再び談合でぶつかったときに、「この間、譲ったから」という理由で降りてもらうことができるからだ。

他の業者がなかなか譲らない場合は、相手の事情をネタにすることもある。私がよく言われたのは、「おたくはH建設の下請けがある」ということだった。下請けでそれなりに稼げるから、市の仕事は譲ってくれ、というわけだ。

そのような話し合いをしつつ、チャンピオンが決まるまで延々と話が続く。その日に決着がつかなければ、別の日を設定し、降りなかった業者だけで再び話し合いをする。それでも決まらなければ、さらにもう1回、話し合いをする。

入札日の直前まで決まらなければ、決着方法は2つある。

1つは、幹事裁定。これは、協会の幹部に判断を任せるということで、幹事裁定にしようと決めたら、結果がどうあれ幹部の判断に逆らわないのが談合のルールだ。

2つ目の方法は、フリーでの入札だ。つまり、談合が成立しなかったということで、お互いが工事料金と利益などを計算し、本来の入札の形式で勝負をつける。

私は当初、幹事裁定で負け続けていた。うちにはH建設の下請けがあるとか、相手のほうが実績があるとか、なにかと理由をつけて幹事はうちに仕事を取らせてくれない。

「前回も譲ったばかりです。今回は取らせてください」

そう言うのだが、「ここは貸しを作っておきなさい」「次は配慮するから」などと幹部に言われて、結局、降ろされてしまうのだった。

うちが降ろされてしまう理由は2つあった。

1つは協会の会長がH建設の社長だったことだ。H建設は夫の古巣で、うちはH建設の下請けをしている。そのため、うちの要望を聞きすぎると、協会内から「下請けに甘い」「えこひいきだ」という声が出やすくなる。それを避けるために、あえてうちに厳しくすることで、協会の秩序を保っていた。

2つ目の理由は接待だ。談合している業者の多くは協会の幹部を熱心に接待していた。ゴルフに連れていき、料亭に連れていく。金券を渡したり、女性が接客するクラブに連れていく夜の接待も当たり前に行われていた。世の中ではバブル経済の崩壊だと言われていたが、ゴルフはまだ人気があり、高級クラブも繁盛していた。

私は、そのような接待をまったくしていなかった。女性だからということもあって、変に色目を使っていると思われるのが嫌だったし、クラブなどに連れていくこともできない。

幹部の人たちは当然、接待してくれた業者に甘くしたいと考える。接待で点数稼ぎする業界の慣習は私には圧倒的に不利だ。これが裁定を左右する大きな要因となり、うちは負け続けることになったのだ。

協会幹部へのごますり

業者の熱心な接待ぶりに感心したのは、うちと競合の3社で幹事裁定になった時のことだ。

その日は、私と競合3社の代表、そして協会の副会長とで話し合いをすることになっていた。最終決定するのは副会長だ。入札日が近づき、3社での話し合いでは決着しないということで、喫茶店に集まって副会長に決めてもらうことになったのだった。

まずは副会長が、それぞれから言い分を聞く。副会長は力がある会社の社長で、Aランクや

Bランクの仕事をしている。億単位の仕事をしているため、正直なところ、2000万円ほどにしかならないDランクの入札で、誰がチャンピオンになろうと気にしていない。ただ、協会として業者をまとめているからには、放っておくわけにもいかない。そこで、一応は話を聞いて、形式的に裁定を行うわけだ。

それぞれの言い分を聞くと、副会長は「君たちの言い分は分かった。さて、どうしたもんか……」と言い、ポケットからタバコを出した。

その時だった。私以外の業者の代表が一瞬でライターを取り出し、火をつける。その素早い動きを見て、なるほどこれが接待かと感心した。

接待はさらに続く。副会長が「そういえば、最近ゴルフしてないなあ。久しぶりにAカントリーでも行ってみようかなあ」と言えば、私以外の2人が立ち上がり、公衆電話の取り合いになる。当時はまだ携帯電話が普及していなかったため、公衆電話からゴルフ場を予約し、副会長のご機嫌を取るわけだ。

その様子を見て、私は吹き出しそうになってしまった。50代や60代の男たちが、子分のように扱われている。学校の先輩の使い走りのような扱いを受けている。その様子が悲しく滑稽に感じられたのだ。

同時に、こういう接待は私にはできない、と思った。できないなら、幹事裁定では勝てない。それで、この時以来、できるだけ幹事裁定を避けるべきだと考えるようになった。

熱心に接待している業者は幹事裁定にしたほうが有利になる。そのため、話し合いの段階で私が譲らないと分かると、「では、幹事裁定にしましょう」と提案する。接待しない私が幹事裁定では勝てないと分かっているのだ。

私は、どうしても譲りたくない仕事の場合は、「自社の札でいかせていただきます」と伝える。「フリーで勝負しましょう」ということだ。これは、ほとんどの場合、私が有利だった。うちには直営班がいるため、下請けに出す業者より安く入札できるからだ。

業者間の話し合いや幹事裁定でも、談合が決着したら、あとは当日あらかじめ決めた通りの入札をするだけだ。例えば、チャンピオンとなる業者が3300万円で入札するなら、その他の業者は3350万円や3400万円で入札する。その金額も話し合いで決めておく。

私も、幹事裁定ではほとんど勝てなかったが、業者間の話し合いでは譲ってもらったり降りてもらったりしながら、何度かチャンピオンになった。

最初にチャンピオンに決まった入札の時は非常に緊張した。

私がチャンピオンになることは決まっている。私が入札する金額も談合した業者が入札する金額も決まっている。しかし、結果は実際に入札が終わるまで分からない。仮に誰かが私より安く入札していたら、その人が仕事を受注することになる。

「私がチャンピオンになるはずだった」「やり直してくれ」などと言っても通用しない。談合はメモも何も残さないため、どうやっても立証できないし、そもそも「私がチャンピオンになるはずだった」ということは、談合していることを周知するのと同じだ。喫茶店での話し合いも、誰がチャンピオンになるか決める調整も、表面上は存在せず、行われていないのだ。

やり直しが利かないため、入札の場ではほかの業者に睨みを利かせながら、「裏切るなよ」と念じる。裏切りそうな業者がいる場合は、社員を入札会場に一緒に連れていき、業者の横に座ってもらって、打ち合わせ通りの金額を書いたかどうか確認してもらった。

談合入札では、チャンピオンの金額より安く入札することを「くぐる」という。初回の時は「誰かがくぐるのではないか」「数字を書き間違えていないか」「そもそも、自分は正しい数字を書いたか」など、あらゆることが心配だった。市が入札結果を発表し、きちんと契約に至って、ようやく安心できるのだ。

無事に落札できたら、入札したほかの業者にお礼を言い、外に出てコーヒーを奢るのがしきたりだ。

「皆さんのおかげで、この工事が取れました。今回はありがとうございます」

そう伝えて、雑談をして、解散する。男性同士の談合の場合は、そこから飲みにいったりクラブなどに繰り出すこともあるが、私はそこには参加せず会社に戻って結果報告をする。

「市の工事、取れました！」

会社のドアを開け、社員に伝えると、みんなが拍手し、喜んでくれる。

「おめでとうございます！」「社長、最高！」そんな声も飛び交う。

「よし、工事計画を立てましょう」

「来月着工だから、少し人を確保しておこう」

直営班の担当者が動き出し、日程調整や工事の準備を始める。

このような経験が増えていく中で、私は徐々に仕事が楽しくなっていった。会社では、私が仕事を取ってくる役割で、社員はどうやって取っているかは知らない。私が談合で仕事を取っていることを知っているのはサトウさんだけだ。そのため、最初は談合して仕事を取ってきたことに対してなんとなく後ろめたさを感じたことがあった。しかし、それも徐々に慣れ、薄れていった。

仕事を取ってくる喜び、みんなが喜んでくれた時のうれしさ、仕事を取ることによって会社が一つにまとまる感覚。それがとても楽しくて、日に日に仕事にのめり込むとともに、談合についての罪悪感は薄れていったのだった。

海千山千の猛者たち

談合が決着しなかった場合はフリーの入札で落札する。そこで肝となるのが入札金額だ。

フリーの入札は、安すぎれば利益にならず、高ければ他社に取られてしまう。ここは、感覚的な部分もあるが、分析で見えてくるところもある。

例えば、過去の入札データを見ると、どの業者が、どの規模の工事に、どれくらいの金額で入札しているかが分かってくる。入札時には、どの業者が入札するか分かっているし、その中で競合となりそうな力のある業者を見つけて、過去の数字を見ながら入札価格を予想していく。この作業を積算《せきさん》という。ここはうちの強みでもあった。というのも、うちは下請けの仕事もしているため、下請けの工事費がどれくらいか分かっている。つまり、下請けを使って工事する競合業者がどれくらいの金額で入札するか予想しやすく、「3000万円以下では利益にならないはずだ」「じゃあ、うちは2950万円にしよう」といった戦略を立てやすいのだ。

協会のなかで付き合いが広がっていくと、積算がうまい業者も分かってくる。そういう人を見つけたら、私は積極的に話しかけて、うまくなるためのヒントを探した。

とくにうまいなあと思ったのは、F工業だ。F工業は土木の仕事が主で、談合には参加していない。談合していないということは、毎回が真剣勝負で、仕事が取れるかどうかが全て積算にかかっている。だから、うまくなるのだ。

F工業とは、何度か入札でぶつかった。おそらくF工業もうちの過去の入札価格などをきちんと分析していたのだろう。F工業との勝負は負けることが多く、しかも、1万円や、それよりも小さな金額の差で負けることもあった。F工業は、それだけ緻密な計算をして毎回の入札に臨んでいたのだった。

「社長、積算がうまいですね」

Ｆ工業の社長と最初に会話した時、私はそう伝えた。本心からそう思っていた。

Ｆ工業の社長は50代で、恰幅がよく、大きな声で笑う人だ。見た目からはとても緻密な計算をしそうな雰囲気は感じないが、人は見かけによらないものである。

「そうかい？　ありがとう。まあ、長くやっていりゃあうまくなるさ」社長はそう言い、満足そうに笑った。

以来、私はことあるごとに社長に話しかけて、仲良くなっていった。そのうちに、私が積算がうまくなりたいと思っていることを分かってくれて、いろいろと教えてくれるようになった。

「何かの役に立つかもしれないから、持っていきな」

ある時は、そう言ってＦ工業が積算に使っている資料をもらったこともある。

「これ、企業秘密なのでは……？　本当にいただいていいのですか」

「いいよ。積算はいずれコンピュータで自動計算できるようになるだろう。そうなったら使えない資料かもしれないけど、積算を頑張っている若者がいると、こっちも励みになるからな」

そう言うと、社長はいつものように大きな声で笑った。

私はこの時まで、業界内の全ての社長を敵視していた。実際、仕事を取るという点ではライバルであり敵なのだが、そういう感覚とは別に、年配の男性が多い環境だからこそ女を舐めているというか、若い人を馬鹿にしているというか、そういう根深い敵対心をもっていたのだ。

しかし、F工業の社長と親しくなって、仲間になれる人もいるのだと分かった。性別、年齢、経歴など表面的なことではなく、中身を見て評価してくれる人がいる。努力や熱意を感じ取り、応援してくれる人もいる。少しずつだが、そう思うことができるようになり、仕事がさらに楽しくなっていった。

談合では、嫌な思いをすることもあった。

E建設など7社で談合をスタートした時は、まずなかなかチャンピオンにしてもらえなかった。7社で協力して仕事を取る、というのが当初の約束だったのだが、うちの番になるたびに、どこかの会社が「今回だけ譲ってほしい」「うちに取らせてくれないか」と言い出すのだ。

うちとしては、それでは困るため、当然ながら断る。しかし、「今期の売上が足りないんだ」などと、しつこくお願いされ、「この借りはちゃんと返すから」と説得されて、譲ったことも何度かあった。「年度初めの工事は地元の業者がもらうもの」とか「昔から受注している仕事は持ち回りにしない」とか、本当か嘘か分からないようなルールを持ち出されて、渋々譲ったこともあった。

仕事は全て真面目に取り組まなければいけない。とくに私は新米社長であるため、素直な気持ちで取り組むことが大事だ。

しかし、談合は少し違う。素直に順番を待っているだけでは出し抜かれる。正直な人ほど騙され、嘘をつかれる。談合相手は、仲間のようであり、仲間ではない。すきを見せれば出し抜かれ、油断すれば損をする。そういう微妙な関係で成り立っているのだ。

貸し借りの約束でも嫌な思いをすることがあった。

談合の基本は、譲ったら貸し、譲ってもらったら借りである。貸しを作った相手には、次回以降、どこかで譲ってもらう権利がある。借りができた相手には、いつかその借りを返す。

しかし、中には自分勝手な業者もいる。借りがあるはずなのに譲らなかったり、借りがあることを忘れたふりしたり、自分ばかり得しようと考える人もいるのだ。

それがとくにひどかったのが、M土木だ。

M土木の社長は向上心が強く、体は細いのだが、相手に文句を言わせないような威圧感がある男性だった。銀縁メガネの奥にあるぎょろりとした目で見られると、なんとなく考えを見透かされているような気になり、つい目を逸らしたくなる。

うちとM土木は会社が近く、規模もだいたい同じだった。両社とも移動の距離や負担が小さい市の南側の工事を狙うことが多かったため、チャンピオン決めの話し合いでよくぶつかった。うちが譲って貸しを作っていたとしても、M土木の社長は毎回のように「おたくに借りがあったっけ?」と、とぼける。ある時は「約束は破るためにあるもんだ」と、笑いながら言ったこともあった。

私は談合中はなるべく穏便に、目立たないように振る舞っていたが、このときはさすがに怒った。

「社長、あなたのお子さんに『約束は破るためにある』って言えますか?」

そう言うと、さすがに社長もばつが悪いと感じたようだった。

「そうは言うけどさあ、うちも約束を破られてばかりだしさあ」社長が苦笑いしながら言う。

「それとこれとは話が別です。これは、うちとM土木さんの話です。うちは前回、M土木さんに譲りました。その貸しを返していただけないのであれば、今後、M土木さんには協力しません」

「そういうことじゃなくてさあ……」

フリーの入札になれば、M土木は直営班をもっていないため、おそらくうちが勝てる。直営班があるうちのほうが費用を抑えやすく、安く入札できるからだ。ぎりぎりの勝負になったり、うちが負ける可能性もあるが、その場合でも入札価格はだいぶ下げなければならず、M土木にとっては痛手になる。

それはM土木も分かっているようで、フリーでの入札をチラつかせたことで、この時の話し合いはうちがチャンピオンになるということで決着した。

フリーでの入札をチラつかせることを「ずるい」「汚い」と言う人もいるかもしれない。M土木はそう思っているはずだ。しかし、相手が約束を守らないのであれば、こちらも手段を選んでいられないのだ。

この件が決着した後も、M土木との面倒な貸し借りは続いた。

再び譲ったり譲られたりの貸し借りが続いていくと、M土木はまた「借りがあったっけ?」ととぼける。とりあえず、とぼける。とりあえず、ごねてみる。それがM土木の基本的なやり方だった。

M土木の社長は他社との話し合いにも似たような姿勢で臨んでいたが、うちにはとくに高圧的だった。理由はおそらく、うちが小さな会社で、私が女だからだ。

舐めてかかっているのだな。そう思って、M土木との話し合いは、いつも以上に警戒して臨むようにした。

絶対権力の協会

談合とはいえ、ルールがあり、暗黙の了解があって正しく機能する。「正しく」という表現はおかしいかもしれないが、談合を機能させるためには最低限のルールを守らなければならない。

また、私はフリーでの入札をチラつかせるが、それはフリーでの入札がうちにとって唯一と言ってもいい武器であったためで、本心では、フリーではなく談合で決着するほうがいいとも思っていた。

談合がまとまらずにフリーでの入札が増えると、協会が良く思わない。業者内で話をまとめ、市も業者もまんべんなく利益を得るようにするのが協会の役目だからだ。

私がフリーで入札すると、その和を乱しているように見える。協会に目をつけられれば、幹事裁定も不利になる。協会の土木会などに呼ばれたり、電話がかかってきたりして、事情を聞かれたり、注意されたりすることもあった。

2、3回連続でフリーで入札すると、ほぼ間違いなく協会から電話がかかってきた。M土木との談合でも、決着せずにフリーでの入札が続き、私は協会からお叱りを受けた。

「またフリーで取ったのか」電話口で土木会の幹部が言う。

「はい。M土木が約束を守らないので、仕方なく自社の札でいかせてもらうことになりました」

お叱りの電話は、「仕方なく」「やむを得ず」のことだったと伝えることが大事だ。自分に非はなく、むしろ自分は協会のために貢献したいと思っているのだと分かってもらうことが、お叱りを抑える唯一の方法なのだ。

「こういうのはお互い様でやっていくものだから、ケンカばかりしていても仕方がないだろう」

「分かっています」

「あまり自分の事情ばかりで突っ張っていてはいかんぞ」

電話の内容は、いつもこんな感じだった。もとはといえばM土木が約束を守らないことが原因なのだが、なんとなく私が悪者で、協会の和を乱しているような展開になり、注意される。理不尽と感じたし腑に落ちない気持ちはあったが、我慢するしかない。そもそもM土木の社長は接待上手で、協会の幹部に取り入っている。もめ事になったときにうちが不利になる実情は受け入れざるを得ないことだった。

約束を守る人がいれば、いい加減な人もいる。おべんちゃらがうまく、上の人に可愛がられる人がいれば、お世辞一つうまく言えない人もいる。

それはどの業界でも同じで、世の中全体に言えることなのだろうが、そのような差が談合では如実に表れた。狭く閉鎖的な業界だからこそ、力がある人と、その人たちにうまく取り入る世渡り上手の人が得をするのだ。

そのような不条理と不平等感がありながらも、私は協会を通じた交流を楽しんでいるところもあった。

例えば、ゴルフだ。協会では定期的にゴルフコンペがあった。私は、夫が生きていた頃からゴルフに連れていってもらっていたし、以前は専業主婦だったが、日中で時間があれば、１人で練習場に行くこともあった。

夫に最初にゴルフに誘われたのは、協会の幹部や、仲が良かったり、仕事で一緒になったりする業者の人たちとの付き合いのためだった。

最初は嫌だった。男性と競っても勝てないし、当時はまったくの初心者だった。ゴルフ場のお客さんも男性ばかりで、夫と一緒にラウンドを回ったときなどは、クラブのママが同伴しているのだろうと勘違いされたこともあった。

しかし、やってみると面白いと感じるものだ。負けず嫌いの性格で練習に励んだ結果、普通の人よりも上達するのが早く、それも楽しさを感じた理由の一つだった。

夫が亡くなってからはしばらくゴルフから離れていたが、協会の人たちと接するようになり、再開した。

業界の人はゴルフ好きが多く、うまい人も多くて、協会の幹部の人で「ゴルフができんやつは仕事もできない」と言っている人もいたほどだ。

私も負けていられない。もともと女だからという理由で舐められているし、ゴルフが下手だとさらに舐められる。そのため、コンペがあると決まれば、仕事を終えてから練習場に行って200球ほど打ち込んだ。少し時間があるときは、1人でコースを回ってくることもあった。

そのような練習の甲斐あって、業者の間では「あの女社長はゴルフがうまい」と言われるようになった。ある時は、十数社が参加するコンペで優勝したこともあった。

コンペでは、ラウンドが終わると何人かの社長が私のスコアを聞きにくる。

「社長、いくつだった?」

「私は85でした」

「85か。くそお、負けたあ」

参加者は男性ばかりであるため、女性に負けるのが悔しいのだ。

「お、I興行が女に負けたってよ。情けねえなあ」

そんなふうに茶化す人もいた。私に負けたことが悔しくて、気分を損ねる社長もいた。力や体格ではとうてい勝てない。社長としての経験も業界歴も私のほうが浅い。しかし、ゴルフなら互角の勝負ができる。遠慮や忖度もいらず、勝つこともできる。それが私にはとても快感だった。

ゴルフが楽しかったのは、仕事とは違った感覚で業者の人たちと交流できたことも理由の一つだった。仕事の時は緊張感があり、チャンピオン決めの話し合いの時は、気を抜いたら負ける、どうにか相手を降ろさせようと考えて向き合っている。

しかし、ゴルフは別で和気あいあいとしている。

談合は、仲良しクラブのようだけど実は真剣勝負。ゴルフは、勝負のようだけど実は仲良く遊べるもの。私にとってはこの2つは対照的なものだったが、仕事で積もっていく緊張感や疲労感がゴルフによって解消されていくのが分かった。私にとってゴルフは、精神のバランスを保つための貴重な機会にもなっていたのだ。

協会では定期的に旅行もあった。この頃はまだバブル経済の余韻があり、海外旅行もしたし、沖縄や北海道にも行った。協会の中ではとくに上下水道の会が派手で、毎回のように豪華な旅行を計画していたが、これは紆余曲折もあった。

私はもともと、ゴルフには参加していたが、旅行には参加していなかった。子供の面倒を見なければならないため家を留守にするのは難しいし、紅一点の私は部屋を別に取ってもらう必要がある。宴会はお酒が入るため、そこに女の私がいるのも違和感がある。

そのような事情から、旅行はうちの会社のOBに参加してもらっていた。最近まで営業を担当していた人で、すでに現役は引退していたが、引き続き会社の代表として旅行に参加し、協会内の業者と交流を深めてもらっていた。

ところが、このOBがトラブルを起こしてしまう。お酒を飲みすぎて、コンパニオンの女性にセクハラをしてしまったのだ。

これが協会で問題になり、後日、私は協会に呼ばれることになった。OBとはいえ、うちを代表して参加しているため、楽しい旅行を台なしにしたのも、協会の看板に泥を塗ったのも私の監督不行き届きだ。私はその責任を果たせなかったことについて、協会に謝りに行くことになったのだ。

協会では、上下水道の会の役員にこっぴどく叱られた。

「あの社員、いったいどうなっているんだ！」

「すみません……」

「旅行だ、遊びだと言ったって、節度というもんがあるだろ！」

「はい。きちんと言い聞かせます」

「言い聞かせたところで、酒ぐせは直らないだろう？」

「はい、すみません」

役員は、今回のことで恥をかかされたと思っている。かなり怒っているし、この様子では、引き続きＯＢを参加させるのはとうてい無理だなと思った。

「次からどうするんだ？」役員が聞く。

「うちの番頭か、営業の社員に参加させようと思います」

「あんたが来ればいいじゃないか」

「私ですか？　私は無理です。女ですし、部屋が別ですし、気を使ってくれる人がいたりすると、それで場がしらけることもありますし」

役員の提案を退けるため、私は旅行に参加できず、参加しないほうがいい理由をいろいろと挙げた。しかし、役員には伝わらなかった。

「いや、だめだ。あんたは信用するが、ほかの人は信用できない。次回からは、あんたが参加しなさい」

こう言われたら、もう決定事項である。こうして、私はＯＢの後釜として協会の旅行に参加することになったのだ。

ただ、これも、やってみたら意外に楽しく、業者の人たちと仲良くなる機会になった。私はこれまで、談合の場で顔を合わせたり、下請け仕事をもらったり、下請け仕事をしてもらったりする場面でしか他業者との接点がなかった。しかし、旅行ではそういった場面では会わない人と知り合うことができる。ドロドロとした談合内の関係とは違うところで交流が広がり、仲良くなる業者も増えて、それを楽しく感じたのだ。

仕事は、談合があったり、フリーで入札したりしながら、着実に取れるようになっていった。仕事以外の面では、仲良くなった業者さんたちとゴルフに行ったり食事をしたりする楽しみが増えた。

成果が出て、付き合いが生まれていくと、周りの評価も変わっていく。

当初でこそ、陰では「女に土建屋は務まらない」「女がいると目障り」と言う人もいたが、3年、5年と経つうちに、そのような声もほとんどなくなり、多くの人が私を一人前の社長として扱ってくれるようになった。

そうなると、談合で舐められることもなくなる。下に見られたり、裏切られたりすることも減っていく。

私自身、男社会で頑張っているという気負いのようなものが消えて、性別や年齢に関係なく、一人の社長としてきちんと仕事ができているという自信がもてるようになった。

このまま突き進んだら女には戻れないかもしれない。きれいな格好をしたり、好きな男性とデートをしたり、そんな日常を羨ましく思う気持ちはある。子育てはイノウエさんに任せっぱなしで、母親の責務を果たせていない罪悪感もある。子供とたくさん話し、成長を近くで見守りたい。それが母親のあるべき姿ではないかと悩んだこともしょっちゅうだった。しかし、その一方で私は仕事を取ってくることが楽しくなっていた。頭の片隅では、良くないことだとは分かっていても、談合で取った仕事にもやりがいを感じるようになっていた。

社長業は孤独だが、社員や仲間と楽しく過ごしていると、寂しさもつらさもどこかに吹き飛んでしまう。その感覚に甘えて、私は「仕方がない」「仕事優先でやるしかない」と思うようになった。そう思い込むようにした、と言ったほうが正しい表現だと思う。

気づけば、土建屋の世界にどっぷり浸かっていた。ひと癖、ふた癖ある業者と渡り合いながら、私はこの世界に自分の居場所があると感じるようになっていったのだ。

女が舐められる世界

仲間割れか、誰かの陰謀か

2000年に入り、社長になって10年が過ぎた。

談合とフリーの入札の両輪で、土木と下水の工事が順調に取れるようになり、とくにフリーの入札は、積算を勉強したことによって精度が上がり、高確率で落札できるようになっていた。

談合は、それなりに順調だった。相変わらず、お願い攻撃や泣き落としでチャンピオンを譲ってくれと頼み込んでくる業者もいたが、うちだって負けていない。

お願いされたら、さらに深くお願いする。泣きつかれたら、こっちも心にもない泣き言を言って「譲ってください」とお願いする。どうにも決着しそうになければ、相手が約束を守る会社であれば貸しを作るが、守らない業者であればフリーで入札する。

最後の手段としてフリーの入札がある。うちの積算ならきっと取れる。積算は、落札するための力になっただけでなく、堂々と話し合いに挑むための心の支えにもなっていた。

いいニュースが飛び込んできたのは、まさにそんなタイミングだった。

市から連絡があり、舗装工事の指名業者になることができたのだ。

これまでは、土木と下水道工事の指名競争入札にしか関われなかったが、今後は舗装工事にも入札できる。業容が広がれば売上も増やせる。工事は場数がものを言うため、舗装を多く手掛けていくことで直営班の技術も高まるだろうと思った。

あとで知るのだが、うちが突然ともいえる舗装の指名を受けた背景には、実はちょっとした事件があったのだ。


「舗装の話、知ってるか?」N設備の社長が言う。

この日、私は入札のために市庁舎にいた。そこにたまたま居合わせたのがN設備の社長だった。

N設備は上下水道の工事を行う中堅の会社だ。うちも下水工事をするが、うちは市の南側、N設備は市の北側で工事をすることが多かったため、入札で一緒になることはほとんどない。N設備は談合もしていなかった。

社長と知り合ったのは、協会のゴルフコンペだった。たまたま同じ組で回ることになり、ゴルフがうまくて話が合ったのと、60代以上のシニア層が多い社長たちの中で、50代前半の社長とは年齢が近いこともあって、以来、仲良くしてもらっていた。

「舗装の話、ですか……?」

「なんだ、知らないのか」そう言うと社長はあご髭を触りながらうれしそうな顔をした。社長は顔が広く、いろんな情報を知っている。よく言えば事情通で、社長自身も自分を情報通だと言っていた。悪く言えば噂好き。私は、噂話にはあまり興味がなかったが、物知りな社長と話すのは好きだった。

「どうかしたんですか?」

「舗装の指名業者がガラッと変わっただろう」

「そうですね。うちも指名に入れてもらえることになりました」

「あれな、誰かが『刺した』らしい」

「……本当ですか?」

「真相は分からないけどな、『市の舗装工事で談合が行われている』という内容で、役所に匿名の投書があったという話だ」

社長が言う「刺す」というのは、業界用語で密告のことだ。つまり、誰かが談合があることを密告し、その結果、関わっていた業者が指名停止、つまり指名業者から外されることになった、というわけだった。

誰が刺したかまでは分からない。たまたま談合を知った住民かもしれないが、私は協会内の業者だろうと思った。

談合のせいで仕事が取れなくなっている業者か、あるいは、談合の中で不利な条件を押し付けられている業者か。どこかで誰かが恨みをもち、それで舗装業者の「内乱」が起きたのだろうと思った。

どういう経緯であれ、うちには関係がない。むしろ幸運なことだ。舗装の指名願いは出していたが、実際に指名業者になったことで仕事が取れるようになる。私はそのことに目を向けて、これが会社を成長させていく良い機会になるだろうと期待した。

舗装工事の実績はほとんどないが、どの業者でも、どんな工事でも、最初はみんな未経験だ。まずは小さくてもいいので、仕事を取ることがスタートだ。

「これからどんどん舗装工事の仕事を取っていきます。皆さんは技術を磨いてください」

社員にそう伝えて、私たちは新しいステージに入っていくのだと感じた。

一方で、私は少し後ろめたさを感じていた。誰かが刺すということは、刺されるようなことをやっているということだ。住民からみれば談合は血税を貪るずるい方法だ。倫理と正義に反する行為であり、彼らはそれを許さない。談合は、当事者にとっては便利な面もある仕組みなのだが、世間はそうは見ていないし、悪とみなすのだ。

人の意識というのは不思議なもので、何かが気になると、その何かがよく目に入るようになる。何気なく開いた新聞でS県の土木工事業者が談合の疑いで逮捕された記事を見かけたのはそれから数日後のことだった。

記事は、おおよそ以下のような内容だった。

S県の県警は、A市の建設業協会長で同市で土木工事会社を経営する社長を談合の疑いで逮捕した。捜査関係者によると、容疑者は昨年の市発注の改修工事の指名競争入札で、指名業者10社のうち7社との談合を主導した疑いがある。電話やメールなどで他社と事前に連絡を取り合い、自社が落札できるように調整していた。10社の指名業者のうち、2社は辞退、1社が不参加で、容疑者と残りの7社は入札に向けて調整し、6社が同額で入札、最も安く入札した容疑者の会社が落札した。

記事からも分かるように、警察は談合に目を光らせている。入札価格から不自然さを感じ取り、捜査対象を決めている。

もし私が談合に関わっていると分かったらどうなるだろうか。現実には、警察もうちのような小さな業者ではなく、もっと影響力のある会社を対象にして調べるだろうが、私が談合に関わっている事実が明るみに出る可能性はゼロではない。そうなれば、私はその日から世間の敵になる。ずるいやつとみなされ、許されざる者になる。

仕事の一部を談合で取っていると知っているのは私とサトウさんだけだ。何も知らない社員は私をどう評価するだろう。見下すかもしれない。離れていくかもしれない。影響は社内だけにとどまらない。新聞などの記事になれば、子供たちにも知られる。近所の人たちにも知られる。

そう考えると背筋がゾッとした。

「食べていくため」「会社のため」「指名業者はどこもやっている」

私はそう考え、仕方がないことだと思っていた。しかし、それは狭い業界の、さらに狭い談合グループの中でしか通用しない言い訳だ。仕事を一歩離れれば、私は「仕方がない」が通用しない世界で生きている。そんな葛藤が、心の奥のほうで芽生え始めていた。

突然届いた裏切りの封書

そのような心の揺らぎはありつつも、談合を離れるつもりにはなれなかった。今の会社には仕事が必要だ。売上を増やさなければあっという間に潰れてしまう。その恐怖感を拭い去ることができなかったのだ。

一方で、指名業者となったことによりフリーの入札でいくつか舗装工事が取れるようになった。うちにはまだ技術力がないため、実際の現場は他の業者にお願いすることがほとんどだった。

うちが舗装工事を依頼して、お金を払う。一方で、相手からは土木や下水の仕事をもらい、下請けとして代金をもらう。そんな、持ちつ持たれつの関係でお金を稼ぎつつ、舗装の技術を身につけていくことになった。

持ちつ持たれつの相手は何社かあった。その中の一つが、B技研だ。私が社長になったばかりの頃、市庁舎で私を「事務員」としてスカウトしたキツネ目の社長の会社だ。

B技研は、勢いと向上心が強い会社だ。規模は、売上も従業員数もうちの3倍くらいで、仕事と人をさらに増やしていたし、直営班ももっている。協会の幹部に取り入るのもうまく、協会内での存在感も大きくなっていた。

談合でのやり取りも常に強気で強引だった。私もB技研とは何度か談合の話し合いで一緒になったことがあるが、まず譲らない。

「工事現場が近い」「この手の工事は慣れている」「前期の売上が少なかった」「今期の売上が足りない」など、ありとあらゆる理由を挙げてチャンピオンになろうとする。折り合いがつかなければ幹事裁定を提案してくる。

B技研は協会幹部の接待も抜かりないため、うちが相手なら幹事裁定で勝てる見込みは十分ある。幹事裁定にならず、フリーの入札になったとしても、うちと同様にB技研は直営班があるため、安く入札できる。

しかも、B技研が狡猾なのは、談合の場では譲ったような顔をして、安く入札するといった裏切りのような行為も平気でやることだった。幹事裁定でも勝てるしフリーでも勝てるため談合にも入札にも怖いもの知らずで臨めるのだ。

持ちつ持たれつでうちと下請け仕事を出し合う付き合いの中でも、B技研は強気だった。うちから出す舗装の仕事は、足元を見て価格を釣り上げてくる。うちには、舗装工事の技術も人も足りていないという弱点があったため、そこを突いて「この価格ではちょっと……」「もう少しもらわないと……」と交渉してくるわけだ。

一方、うちは舗装の工事を出す代わりにB技研から下水の仕事をもらうことになっていたが、その工事というのが金額的にも条件的にも良くないものが多かった。

工事は、基本的には、まっすぐで平らな場所が理想だ。曲がった道、曲がり角、坂道などはやりづらく、工数も日数もかかる。

Ｂ技研から来る仕事は、そのタイプの仕事がほとんどだった。入札では簡単な工事も落札しているはずなのだが、そのような仕事は自社で行い、面倒な仕事をうちに出してくる。これでは、持ちつ持たれつとはいえない。工数と日数がかかるせいで、赤字が出る工事もいくつかあった。

「Ｂ技研との提携は解消したほうがいい」

そう考えて、私はＢ技研に出す舗装の仕事を減らし、Ｂ技研からもらう下水の仕事も断るようにした。

Ｂ技研との持ちつ持たれつが減ってしばらくした頃、一通の封書が届いた。

「社長、Ｂ技研から手紙が来ていますが……」

事務のスタッフから受け取った封書には内容証明郵便が入っていた。

内容証明は、手紙の内容を第三者が確認し、証明するものだ。通常、手紙の内容は書いた人と読んだ人にしか分からない。そのため、手紙の内容が、手紙を受け取った人にとって不利なものだった場合、受け取った人は、「読んでいない」「読んだ記憶がない」と言い張ることができる。手紙そのものを捨ててしまえば、「手紙で重要なことを通知した」という事実も証明できなくなる。

それを防ぐために、内容証明の郵便は、郵送する手紙と同じものを用意して、第三者である郵便局に保管してもらう。郵送する手紙は書留にして、相手がちゃんと受け取ったことを証明できるようにする。

このような仕組みにしておくことで、届いていない、読んでいないといったトラブルを防ぐことができ、手紙の内容についても、受け取った人が「そんな内容ではなかった」「手紙を捨てたので覚えていない」と言い張るのを防ぐことができるわけだ。

私はこの時、生まれて初めて内容証明というものを受け取った。請求書のやり取りなら、わざわざこんな方法で送る必要はないだろう。

嫌な予感がしたが、仕方がないので封を切る。中には内容証明書と書かれた書類が入っていて、要約すると、次のようなことが書かれていた。

B技研は、うちから引き受けた舗装工事費の残金として3000万円をうちに請求する、というものだった。

最初に読んだ時は、意味が分からなかった。なぜうちが３０００万円払うのか。今までB技研から引き受けてきた条件の悪い仕事の報酬として、遅ればせながら３０００万円払います、というのなら分かる。しかし、こちらが払う理由が分からない。うちが出した仕事については全て請求書をもらい、支払っているはずだ。

２回読み、３回読み、ようやく意味が分かった。B技研は、うちが下請け仕事のやり取りを解消したことの腹いせに、うちに未払金があるという話を作ってお金を請求してきたのだ。

私はすぐにサトウさんを呼び、手紙を見せた。

「サトウさん、B技研への支払いは全て終わっていますよね?」

「はい。支払い済みですし、最近は付き合いを減らしていましたので、現時点でB技研に頼んでいる仕事もありません」

「でも、この手紙には未払金があるようなことが書いてあります」

「そうですね。ただ、内容証明は、手紙の中身を証明するもので、その内容が正しいことを証明しているわけではありません。ここには３０００万円払ってくださいと書かれていますが、その部分についても法的効力はありません」

「よかった……」

サトウさんの話を聞いて、私はほっとした。同時に、自分の知識不足と度胸のなさを自覚し、社長としてもっと堂々としていなければならないと反省もした。

「ここに書かれている内容は正しいと思えませんし、B技研に3000万円支払う理由もないと思います。何かの間違いかもしれませんが、すぐに確認したほうがいいですね」

そう聞いて、私はさっそくB技研に電話をした。


「もしもし」

電話口から、社長のとぼけた声が聞こえる。キツネ目のにやけた顔が頭に浮かび、私は少しイラッとした。

しかし、ここは冷静に対処しなければならない。私は心を落ち着かせて、話を切り出した。

「そちらからうちに内容証明が届いたのですが、これはどういう意味ですか？」

「え、内容証明？　そんなもん出したっけなあ」

「はい、間違いなくそちらが送ったものです」

私は手紙を見ながら、そう伝えた。手紙には、B技研の住所と社長の名前がきっちりと書かれているし、印鑑まで押してある。

「そうなの？　ちょっと確認して、折り返しでいいかな」

「分かりました。お待ちしています」

そう言うと、私は電話を切った。

「どうでした？」横で様子を見ていたサトウさんが聞く。

「そんなの出したっけ、ですって。とぼけているのか本当に知らないのか、つかみどころがない反応でした」

「そうですか。とりあえず待つしかありませんね」

「はい、そうします」

連絡が来たのは、それから数時間後のことだった。

私はてっきり電話がかかってくるものだと思っていたが、社長は「会って話がしたい」ということで会社までやってきた。

「社長、誤解されるようなことをしてすまなかった」

開口一番、B技研の社長が笑いながら言う。

「……誤解、というと?」半信半疑で私は聞き返す。

「内容証明はうちの営業が送ったようで、社内で話の行き違いがあったんだ」

そう言うのを聞いて、私は(そんなこと、あり得るのだろうか)と思った。社員の「勘違い」で3000万円もの請求が来るものだろうか。3000万円は大金だ。1億円超の仕事でも3000万円の粗利がようやく取れるかどうか、という水準である。何か隠れた意図がありそうな気がした。油断ならない相手なのだ。

「では、あの手紙の内容は間違いだった、ということなのですね」

「そう、舗装工事で赤字が出たのを知って、どこから引き受けた仕事だと社員に確認させたところ、おたくから引き受けた仕事だと分かった。原因は、うちの見積りが甘かったことらしい。もちろん、それはうちの問題なのだが、そんな話を世間話として社員にしていたら、営業の社員がおたくに請求するもんだと勘違いして、こういうことになってしまったというわけだ」

「そうですか……」

話の流れがいまいち見えなかったが、うちとしては間違いだと分かればそれで構わない。

「気を悪くしないで、今後も仲良く頼むよ」そう言って社長が笑う。その笑顔が、愛想を良くするための笑顔なのか何か企んでいる笑顔なのか、私には見分けがつかなかった。

そうはいっても、社長が直々に謝りに来ていることも考慮しなければならないだろう。間違いなら仕方がない。手違いは誰にでも起きるものだ。これ以上もめてもいいことはないだろう。

そう考えて、私はこの件を水に流すことにした。

「ところで、いい舗装の仕事はないか?」社長が言う。

「すみません、今はないですね」

「そうかあ。最近うちに仕事を回してくれないからさあ、忘れられちゃったかと思ってね」

「そんなことはないのですが、舗装はまだ積算がうまくなくて、いい仕事が落札できないんです。取れたらまた連絡します」

「おう、頼むよ。それじゃ」

そう言うと、社長は足早に帰っていった。

謝りに来たはずなのに、次の瞬間には仕事がないか聞き出す。この図太さがB技研の強さだ。

去っていく社長の姿を見ながら、私はそう思った。

気の緩みが生んだ3000万円の損失

事態が急変したのはそれからしばらく経ってからのことだった。

「社長、B技研の件は解決したんですよね？」サトウさんが聞く。

「ええ。社長が謝りに来て、間違いだったと分かったので」

「そうですか……」

「どうかしましたか？」

「裁判所から通知が来ていたので、どうしようかと思いまして」

「裁判所、ですか。B技研に聞いてみますけど、多分、大丈夫だと思います」私はサトウさんにそう伝えて、B技研に電話をかけた。

あいにく社長は不在だった。そのため、私は「きっと手違いだろう」「何かあれば向こうで処理してくれるだろう」と思い、とりあえずこの件は放っておくことにした。

これが大間違いだった。裁判所から通知が来て数週間後、うちの銀行口座が差し押さえられてしまったのだ。

社内はたちまちパニックになった。口座に入っているお金が引き出せない。下請けをお願いしている業者への支払いができない。工事の資材の仕入れ業者への支払いもできない。もうすぐ社員の給料の支払いもある。

どれか一つでも滞るようなことがあれば会社の信用問題になる。口座の凍結はとりあえず脇に置いて、目先の支払いが滞らないように、とにかく現金を集めなければならなかった。

私はすぐに事務のスタッフに指示し、現金を集めてもらった。次の入金予定を調べ、いつまでに、どれくらいの現金が必要なのかも確認してもらった。

「社長、これは……」ドタバタの社内でサトウさんが言う。

「B技研に間違いないと思います。やられました」

「確認は?」

「裁判所の通知が来たときに電話したのですが、つながらなかったのでそのままにしてしまいました。すみません」

「分かりました。とりあえず弁護士さんに相談してきます」

「お願いします」

私はそう言い、自分の未熟さを呪った。

B技研は、最初から筋書きをもっていたのだろう。社長が謝りに来たのもパフォーマンスにすぎず、私を油断させ、何の問題もないように見せかけて、裏で裁判所に差し押さえの申し立てをしていたのだ。

裁判所は、申し立てを受理すると支払い義務がある人に督促の通知を出す。それが、先日届いた裁判所からの通知だった。

本来であれば、このときに裁判所に異議申し立てをしなければならなかった。少なくとも、B技研の社長をつかまえて、裁判所から通知が来た理由を明らかにしなければならなかった。

私はそれをしなかったため、裁判所はB技研が3000万円を請求する権利があると認めてしまった。そして銀行口座の差し押さえという事態になってしまったのだ。

B技研に電話したが、社長は不在だという。おそらく電話に出る気がないのだろう。B技研の狡猾さと自分の不甲斐なさに腹が立ち、乗り込んでやろうかとも思ったが、今は感情的になっている場合ではない。金策が先だ。

ここから数日間、私は資金繰りに走り回った。家の貯金だけでは足りなかったため、売掛金がある会社には入金を早めてもらえないか頼み、買掛金がある業者には支払いを少し待ってもらえないか頼んだ。

しかし、そのような努力もあと少し及ばず、一部の業者に対して未払いが発生してしまった。B技研に対する3000万円の未払い、というありもしない作り話のせいで、本当に未払金が発生し、会社の信用が傷つき、銀行の信用も損ねることになったのだ。

弁護士と話をしたところ、3000万円は供託金となっているため、B技研が差し押さえを取り下げるか、和解するなどしない限り戻ってこないのだという。

B技研は最初から3000万円を取ろうとしていたのだ。私はそう確信し、B技研の社長に連絡を取ろうと試み続けた。

ようやく社長と話すことができたのは口座が差し押さえられてから2週間後のことだった。

「社長、どういうことですか?」

電話口に向かって私は怒鳴りつけた。

「どういうこと、とは、どういうことだい?」

「とぼけないでください。3000万円の請求と銀行口座の差し押さえのことです」

「ああ、あれか。よく考えたんだけど、おたくから受けた仕事は価格が安かった。そのせいでうちは赤字が出たわけなので、工事の正規費用として足りなかった分をおたくに請求させてもらったんだ」

社長は悪びれる様子もなく、そう言い切った。完全に開き直っているようだった。

「社長、うちに謝りに来たときに内容証明を送ったのは間違いだったと言いましたよね?」

「ええ? そうだっけか?」

「赤字が出た原因はそちらの見積りが甘かったからだと言いましたよ」

「俺はそんなこと言ってないと思うけどなあ」

その後もいろいろと問いただしたが、社長はのらりくらりとかわし続ける。もはや弁明する気もないのだな、と思った。3000万円さえ取れればうちに用はない。うちのような小さな会社が泣こうがわめこうが、あとは知ったことではない、というわけだった。

これ以上問い詰めたところで話は進まないだろう。私はそう考えて「……分かりました」と答えた。

「おお、分かってくれたか。まあ、このことは水に流してさ、お互いにまた稼ごう。下水の工事ならいつでも回すから」

「いいえ、結構です。そっちがそういうつもりなら、こちらにも考えがありますので」

「おいおい怖いなあ。持ちつ持たれつ、貸しがあれば借りもある。おたくに何ができるのか知らないけど、細かいことにこだわっていると損するぞ」

「ご忠告どうもありがとうございます。では、失礼します」

私はそう言って電話を切った。

絶対に許さない。今までに感じたことがない怒りが心の中でにえたぎっていた。

自分が儲かるなら周りがどうなっても構わない。小さな会社なら汚い手で陥れるのも構わないし、潰れたところで影響もない。とくにうちは女社長だから攻撃しやすい。女社長に味方する業者も少ない。B技研はそう思っている。弱いものいじめの典型的な考え方だ。

社長になりたての頃であれば、自分の未熟さを悔いて諦めたかもしれない。しかし、今はそれなりに強くなった。そもそも私は性格的にも負けず嫌いだ。泣き寝入りするタイプでもない。やられたら、やり返す。必ず追い詰めてうちを舐めたことを後悔させる。

私には会社に対する責任があり、あの3000万円は社員が頑張って作ったお金だ。それを易々と奪われるわけにはいかない。

この日を境に、B技研から3000万円を取り返すことが私の使命の一つになったのだ。

取られたら取り返す

さて、どうやって取り返すか。思い浮かんだ方法は一つ。B技研から仕事を奪うことだった。

3000万円のお金をもっていかれたのだから、同じ額の利益をB技研の仕事で稼ぐ。そう考えて、私はまず直近の入札の資料を広げ、B技研が取っている仕事を探した。粗利30%として、1億円の仕事をB技研から奪えば、お金の面では3000万円取り返すことになる。

狙ったのは、B技研が談合で取っている仕事だった。フリーで取っている仕事は入札価格を積算しているため、うちが入札しても取れない可能性がある。安くすれば取れるが、それではうちが赤字になってしまう。その点、談合の仕事はフリーの仕事よりも高い価格で入札されるため、落札できる可能性も高くなり、利益もしっかり得ることができるのだ。

また、談合で取っている仕事なら、B技研は「自分がチャンピオンになる」と思い込んでいる。その仕事を奪われるショックは大きいはずで、そこも談合している仕事を狙った理由の一つだった。

談合している仕事かどうかは資料を見ればすぐに分かる。私は、協会内で談合している業者を知っているため、それらの業者が多く参加している仕事は談合の可能性が高いといえるわけだ。

談合を見抜く上では入札価格を見ることも大事だ。通常の落札水準より高い仕事は談合の可能性が高いといえる。また、入札業者の差額が小さい場合には裏で金額を調整している可能性があり、やはり談合の仕事である確率が高くなる。

このようにしてB技研が落札している仕事を一つひとつ見ていったところ、直近で行われる予定の入札の中にB技研が毎年落札している1億円ちょっとの仕事を見つけた。

その仕事は、1工区から7工区に分けて入札が行われている下水の工事だった。このうちの1工区をB技研は毎年落札している。

私はサトウさんを呼び、工事内容について教えてもらった。

「この工事は3年ほど前にスタートしたものです。いつの間にか指名業者の入札になっていたのですね」

サトウさんによれば、この工事は長期の工事で、以前はズイケイ、つまり市が業者に直接依頼する随意契約だったという。今は指名競争入札に変わっていた。

「指名業社の入札になっていますが、受注している業者の顔ぶれはズイケイの頃とあまり変わっていませんね。確か、H建設は以前も7工区を受注していて、今も7工区です。他の6工区についても、多少の入れ替わりはありますが、ほぼ同じ業者が落札しています。B技研は、3年前から毎年1工区を受注しているようですね」

「それってつまり……」

「ええ、談合でしょう。この現場は小さな工事の寄せ集めですから、手離れがよく手が空いた時にコツコツ進めることができます。割がいい仕事ということで談合して仕事を取っているのだと思います」

「ここ、今も工事中ですよね?」

「ええ、完工はまだ先のはずで、来年度分については2カ月後に入札があります」

「うちでも工事できますか?」

「1工区ですか? ええ、可能です。うちは下水工事の指名業者になっていますから、もうすぐ指名が来るでしょう。入札価格も安くできると思います」

3週間あれば準備できる。うちでも工事でき、入札に参加でき、安く入札できる。それだけ分かれば十分だった。

よし、これを取ろう。私はそう決めて、さっそく積算と直営班のスタッフを呼び、入札準備に取り掛かってもらうことにした。

「社長」サトウさんが言う。

「はい」

「7工区をH建設が取っているのを見てお分かりだと思いますが……」

サトウさんが言おうとしていることは分かっていた。受注している業者の顔ぶれはH建設を筆頭に市内の大きな業者ばかりだ。この仕事は、おそらく協会の会長であるH建設と、その取り巻き業者で談合している。そこにうちがフリーで飛び込めば、嫌な顔をされるのは目に見えていた。サトウさんは、その覚悟があるのか、聞いていたのだ。

「はい、分かっています。分かった上で、1工区で『くぐり』ます」

くぐるというのは、チャンピオンの金額より安く入札することだ。

「本気ですか?」サトウさんが聞く。

「はい。本気です」

そう答えながら、私は、10年前に夫の後を継いで社長になると伝えた時にも、同じように「本気ですか?」と聞かれたことを思い出した。

「サトウさん、支援してくれますよね?」

「もちろんです。全力で支援させてもらいます」

「ありがとうございます。よろしくお願いします」

入札の日、私はサトウさんと一緒に市庁舎に出向いた。私は入札のギリギリまで、いくらで入札するか考えていた。

B技研はおそらく1億円前後で入札する。談合している業者も同じくらいだろう。金額がほぼ分かっているため、くぐるには3%くらい下げれば十分だ。B技研の入札価格を1億と読むなら、9700万円で落札できる。

しかし、ここでミスは許されない。この2カ月の準備が水の泡になるだけでなく、うちがくぐろうとしたことも発覚するため、次から警戒されてしまう。

ミスは許されない。一発勝負だ。さて、いくらにするか。

3000万円の恨みがある。支払いの遅延で会社の信用も傷ついた。小さい会社だから、女社長だからという理由で舐められた悔しさもある。

そのようなことを考えて、ここは大きく下げ、確実に取ろうと決めた。安くすればするほどうちが得られる利益は減るが、それでも黒字にできれば、B技研に対してうちの直営班の力を見せつけることができる。社長としてはここで感情的になってはいけないのだが、私にはこの入札だけは取らなければならない意地があった。

金額を決め、入札する。それから私は早々に市庁舎を後にした。H建設やB技研の人に見られると面倒なので、結果を聞く係はサトウさんに任せた。

戻って席に着くと、すぐにサトウさんから電話があり「無事に取りました」と報告を受けた。

「よし！」思わず声が出た。ずっと気を張っていたせいか、無事に取れたことの安堵で少し目頭が熱くなるのを感じた。

頼みの綱は協会だけ

安心感に浸るのも束の間、大変なのはここからだ。うちが落札したことが発表され、くぐったことが分かる。その責任を追及される。

案の定、協会からの電話はすぐにかかってきた。電話の主は協会の会長の会社の部長だった。

「お前、くぐったのか！」

営業部長が電話口で怒鳴る。

「1工区のことですね？　はい、くぐりました」

「何をやったか分かっているんだろうな！」

営業部長がさらに声を荒らげた。

「すみませんでした」

「ふざけるな！　市内の業者を全て使ってお前の会社を潰してやる」

怒られるのは覚悟していたが、想像していた以上に怒っていた。この仕事はH建設が仕切っている談合であり、その和を乱されたことに怒るのは当然だった。うちのような小さな業者がくぐったことでH建設の威厳に傷がついた。うちでも取れる、小さな業者でもくぐっていいのだと理解されれば、他にもフリーで入札する業者が現れて、H建設の工区も取られるかもしれない。

1工区から7工区にかけての談合は、H建設が、どの業者が、どの工区を受注するか決めている。いわば、H建設にとっての庭のようなものだ。

そこに、何の予告もなくうちが飛び込み、落札した。勝手に庭に入り、荒らしたことによって、もしかしたら他の6社の社長が、会長の掌握力に不信感や不安感をもつかもしれない。H

建設の営業部長は、そのことにも激しく怒っていた。

ただ、こちらにも事情がある。ここで引くわけにはいかない。

「今回の件については、説明させてほしいことがあります」

「説明だと？　お前の言い分なんかを聞く耳はもたん」

「お願いします。事情があるんです。説明を聞いて気に食わなければ、うちを潰してもらって構いません」

「よし、分かった。聞くだけ聞いてやる。今すぐ飛んでこい！」営業部長はそう言って、ガチャリと電話を切った。私はすぐに用意をしてH建設に出向いた。

私は悪くない。やるべきことをやっただけだ。H建設に向かいながら、何度も自分にそう言い聞かせた。

H建設では、電話をかけてきたH建設の営業部長の他に、協会の会長であるH建設の社長と、3人の社長が待っていた。3人とも他の工区の仕事を受注している業者の社長で、協会の幹部でもあった。

私が部屋に入るなり、営業部長は「説明してみろ」と怒鳴りつけた。

私は、B技研とのトラブルについて、持ちつ持たれつだったこと、向こうから受ける仕事が悪条件のものばかりだったこと、3000万円もの大金を供託金として取られていること、そして、差し押さえになる前、B技研の社長が何食わぬ顔で「あれは間違いだった」と言ったことなどを洗いざらい話した。

営業部長も社長たちも、私の話をただじっと聞いていた。誰も、うちとB技研の間でトラブルが起きていたことを知らない。彼らのような大きい会社から見れば我々のような小さな業者のいざこざは些細なもので、いちいちトラブルに目を向けている暇などないのだ。

ただ、私の悲痛な訴えを聞いて、無断でぐったことについては少し理解してくれたようだった。

「……何をやってんだ、お前らは」

H建設の社長が呆れたように大きくため息をつき、白髪が増えてきた頭をかきむしった。

「うちは、お金を取られた以上、どうしても仕事を取らなければなりませんでした。だから、B技研を狙い撃ちにしたんです。決して皆さんに迷惑をかけようとは思っていません」

「そうは言っても、こうして実際に迷惑がかかってるんだ。事情があるにしても、なんで協会に言わなかったんだ。内緒にすれば、どうなるかは分かったはずだろう?」

「はい。でも、誰がどこでつながっているか分かりません。私の目論見がバレてしまえばB技研に対策を立てられてしまいます。やるか、やられるか。イチかバチか。こうするしかなかったんです」

そう言うと、H建設の社長も他の社長たちも渋々だが許してくれたようだった。

「もういい。分かった。それで、いつまで続けるつもりなんだ」H建設の社長が聞く。

私は答えに詰まった。1工区を取ってB技研から3000万円を取り返すことだけを考えていたため、それ以降のことは考えていなかったからだ。1工区を取って気は晴れたが、まだ燻っている怒りと恨みがあるようにも感じた。

「供託金は3000万円だと言っていたね」幹部の一人であるG組の社長が言う。

「はい。3000万円です」

「B技研が訴えを取り下げたら、それでおしまいにできるかい?」

「はい。約束します」私はそう答えた。

そもそもの発端は3000万円だ。お金が戻れば文句はないし、かなり嫌な思いはしたが、その分は1工区の仕事を取ったので十分だった。

「では、約束だ。B技研には私が話をしておこう」G組の社長が言う。

「よし、あとのことはG組に任せる」

H建設の社長がそう言うと、3人の社長たちは席を立ち、部屋を出ていった。そのあとを追うようにしてH建設の営業部長も出ていった。

私は彼らにお辞儀をして、出ていくのを見送った。そして、H建設の社長のほうを向いて、「今回は本当にすみませんでした」と謝り、深く頭を下げた。

「まったく、君もすっかり土建屋だな」社長が言う。

頭を上げると、社長は少し笑みを浮かべていた。

「私自身も驚いています」

私もつられて、少し笑みを見せてそう返した。

社長は、専業主婦だった頃の私を知っている。その頃の私と今の私を比べて、「人はこうも変わるのか」と考えているのだろうと思った。

社長と初めて会ったのは、夫が独立して数年経った頃のことだったと思う。うちに食事に招いた時が最初で、H建設の頃の元上司として、先輩として、夫が社長を慕っているのも知っていたし、社長が夫を可愛がっているのも知っていた。仲良くお酒を飲みながら話す2人を見て、男同士の先輩と後輩の付き合いを少し羨ましく思ったこともあった。

その後、H建設は業績を伸ばし、社長は協会の会長になった。権力の中核にいる強い人となり、逆らってはいけない人になった。うちは引き続きH建設の下請け仕事をしていたが、一方では入札の仕事も増え、元請けの会社として仕事をする機会も増えている。

夫が生きていた頃とは関係性がまったく変わっていた。夫を失い、私が社長になってからの十数年で、社長は変わり、私も変わり、会社も変わったのだとあらためて思った。

「君とこうして話をするのはご主人の葬儀の時以来だな」

「はい。会社を守るために必死で奔走していたらあっという間に時間が過ぎてしまいました」

H建設の社長と幹部の男性が家に来た時のことはよく覚えていた。振り返ってみれば、私が社長になると決めたのはその場の感情と勢いだった。夫の形見である会社を奪われるのではないかという恐怖、夫が大切にしていた会社を守りたいという気持ち。それだけを支えに社長になり、会社も私も少しずつだが成長してきた。

「君が社長を継ぐと聞いたときは、せいぜい1、2年で音を上げるだろうと思っていた。まさかこんな度胸の持ち主だったとはな」

「すみません……」

「責めているんじゃない。誰も想像していなかっただろうな、と思っただけだ」

「そうですね」

「ここから後戻りはできない。つらいことは今後もあるはずだし腹が立つことも多い。しかし、社長となった以上は弱音は吐けない。女だとか、若いからとか、そういうことは言い訳にすらならない。君は、そういう人生を選んだんだ。そうだろう?」

「そうです」

「私も同じだ。協会の会長となったからには腹を括らなきゃいけないときがある。自分の都合だけで動くことはできん。今回は君の泣き言を聞いたが、これで最後だ。いいね?」

「はい」

「さ、もう帰りなさい」

社長に促されるようにして、私は部屋を出た。協会のお叱りが最小限で済んだことにホッとした。

「これで最後だ」と社長が言っていたように、これからは自力でやっていかなければならない。私はどこかで、「H建設がなんとかしてくれる」と思っていた。それは、仕事を出してくれているH建設に対する甘えであり、社長と仲が良かった夫への甘えでもあった。しっかりしないといけない。「女だとか、若いからとか、そういうことは言い訳にすらならない」という社長の言葉が身に染みた。

私はこれからも変わり続けなければいけない。それが私が選んだ道なのだ。

この道を、夫は喜んでくれるだろうか。夫が亡くなってから10年以上が経ち、すっかり変わった私を夫は愛してくれるだろうか。

まったく自信はなかった。ふと手を見ると、白くて細かったはずの指は黒っぽいゴツゴツとした指に変わっている。かつて夫が買ってくれたブランドもののパンプスも、「似合うね」と褒めてくれたスカートも、もう何年も身に着けていない。子供たちはイノウエさんに任せきりだ。休みの日ですら私は仕事優先で彼らとゆっくり話していない。夢中で走り続けてきた10年間で、私は、私が驚くくらいの別人になっていることに気がついた。

それから間もなくして、無事に3000万円が戻ってくることになった。

「まさか会長に泣きつくとはな。女社長は得だねえ」

電話越しにB技研の社長が嫌味を言う。そっちが先に仕掛けたからこうなったんでしょう、と言い返しそうになったが、そこはグッと我慢だ。訴えを取り下げるように話をつけてくれたG組の社長との約束を破るわけにはいかない。

「今後とも、どうぞよろしくお願いします」

私はそう言って、電話を切った。

後から聞いた話だが、B技研は業績が下がっていたという。窮地を凌ぐために仕事をたくさん取り、処理しきれない分をうちやうちのような小さな下請けに安く出して、どうにか運転資金を確保していた。3000万円の請求をしたのもお金に困っていたからで、うちなら簡単にお金を取れそうだと思ったのだろう。

今回の件で、B技研は1工区の仕事を失った。協会の幹部であるG組の社長にも叱られ、協会の中での立場も下がった。

「悪いことはするもんじゃない」

そう呟いて、私はなんだかおかしくなった。談合をしている自分が、良いことと悪いことを判断している。B技研のやり口は卑劣だが、自分はどうなのか。人のことを評価し、非難できる立場ではないのに。そう思って、知らず知らずのうちに自分が抱え込んでいた矛盾が妙におかしく感じられたのだった。

勝利

武器を持たなければならない

社長になったのが30代後半。気づけば、50代になっていた。年をとったのは私だけではない。私は若くして社長になったため、業界ではまだ若いほうだ。

周りを見渡すと、同業者の社長は若くても60代で、ほとんどの人が70代になった。協会の面々も、会長であるH建設の社長をはじめ、副会長も幹部の人たちも70代ばかりになり、業界全体が高齢化していた。

協会内で仲良くしている社長たちにとっても高齢化は課題だった。

かつては「どうやって仕事を増やすか」「稼ぐにはどうするか」といった話で盛り上がっていたが、今の話題は健康不安と事業承継だ。「後継ぎがいない」「若手が入ってこない」といった声をよく聞くようになった。土建業は中小企業が多く、後継者不足と人手不足は今後の経営に関わる深刻な問題となっていた。

うちも例外ではなく、後継者のあてはない。営業も直営班も高齢化して、私が社長になってから高齢が理由で引退した従業員が何人もいた。

ただ、幸いなことに、うちは若い従業員が入ってきてくれていた。現場に立って施工することもある直営班は男性ばかりだが、営業や事務などの内勤で入ってくれるスタッフは女性がほとんどで、業界内でも珍しく女性比率が高い会社に変わってきていた。

「おたくはいいよなあ。若い子が入ってさあ」

協会の会合では、たまにそんなふうに羨ましがられることがあった。

地域にはうちよりも規模が大きく、給料が高い業者もある。市内の中心に本社を構えていたり、自社ビルをもっていたりする業者もある。

そのような会社がいくつもある中で、彼女たちがうちを選んで入社してくれる理由の一つは、うちが業界では珍しい女社長の会社であるからだった。

「現場に立てば男も女も関係ない」というのは正論だが、そうはいっても女性には難しい仕事もある。結婚し、家事をして、子育てをするといった家庭の事情があることを考えると、男性と同じように働くのは難しいだろうし、そもそも業界全体が男目線の男社会で、女性はどうしても肩身が狭い思いをする。

女性が現場を飛び回ることの難しさは私が身をもって経験している。私の場合は、子供がある程度の年齢になるまでお手伝いのイノウエさんが助けてくれたが、彼女なしではとうてい社長は務まらなかった。

末っ子はもうすぐ成人だ。社長になってからというもの満足に子育てに関わっていない。私は会社を守ることを優先し、子育てを後回しにした。仕事と家庭の両立はほぼ不可能で、どちらかを選ばなければならない。それが土建業で働く女社長の現実なのだ。

現実を知り、女性の大変さが分かるからこそ、私はなるべく女性が働きやすい職場にしようと思っていた。社長になって以来、「女には無理だ」「女のくせに」と言われ続けてきたこともあって、女だって男性以上に活躍できることを証明してやる、という思いもあった。うちのような小さな業者に入ってくれる女性たちは、そのような点を見てくれているのだと思う。

仕事の合間に若い女性スタッフたちとキャピキャピ雑談したり、入札で市庁舎に行った帰りにケーキを食べながらおしゃべりする時間は、私にとって心地いい息抜きだ。この十数年で考え方も態度もすっかり女っぽさが薄れた私だが、彼女たちと話している時は、ふと自分が女性であることを思い出すのだった。

営業の女性たちには積算と入札を覚えてもらっている。うちはとくにこの数年、積算に力を入れている。

時代は変わった。完全に変わったとまでは言い切れないが、確実に変わっている。

営業というと、ひと昔前までは元請け業者を接待して仕事をもらう営業が主流だった。業界では、今も元請け、協会の幹部、市の担当者などをゴルフや飲み屋に連れていく営業がある。

しかし、私はそういう営業はしない。彼女たちにもさせない。女性にとって接待は苦痛で、楽しくないと知っているからだ。楽しくないことは続かない。楽しくないことが仕事になれば、彼女たちが辞めてしまう原因にもなる。

また、接待して取る仕事と緻密に積算して落札する仕事は価値が違うと思っている。接待は人間関係なので、その人が辞めてしまったらつながりが切れてしまう。接待がうまい人、苦手な人といった差もあり、本人の素質や性格によるところが大きいため、接待が苦手な人に接待方法を教えても、うまくできないことが多いのだ。

その点、積算は計算だから計算方法や計算のコツを教えることができる。身につけた計算方法はやがて会社のノウハウになり、後輩に教えることもできるため、会社が仕事を取り続けていくための武器になる。

ゴルフや女性が接客する飲み屋に連れていくタイプの営業は今後も減っていくだろう。そうなったとき、どうやって仕事を取るのか。仕事を取るために使える武器は何なのか。私はそれが積算の力だと思っている。昭和の会社では生き残れない。そう思うからこそ、私は接待ではなく積算を覚えてもらおうと考えていたのだ。

積算に力を入れ始めたのにはもう一つ理由があった。それは、接待重視の営業が廃れていくように、今後は談合も減っていくだろうと思っていたからだ。

うちが元請けとして市から受注している仕事は、最初の10年くらいは、談合が3分の2、積算による入札が3分の1くらいだった。夫が亡くなって売上が落ちていたため、着実に仕事が取れる談合に頼らなければならず、実際、談合で経営状態は安定した。しかし今は談合が3分の1に減り、入札が3分の2まで増えている。それはつまり、積算の力を伸ばせば談合に頼らなくてもよくなるということを意味している。

業界でも、談合は着実に減っている。税金を使う公共工事は市民が目を光らせている。とくに昨今は透明性が求められる時代で、監視の目は厳しくなり、不正と叩かれる談合は減っていくと思う。

結局、これも時代の変化なのだ。談合は昭和の仕事のやり方だ。

安定的に稼いでいくためには、談合がいつかなくなることを想定して、談合以外の方法で稼ぐ力をつけるしかない。うちにとっては、その力は積算であり、長い目で見た時にはうちが存続できるかどうかを決める生命線になるだろう。

現状、談合で仕事を取ってくるのは私の役目で、サトウさんを除けば、私が談合に加わっていることを知っている社員もいない。会社の決定権をもつ人しか参加できないため、うちの場合は私かサトウさんしか参加できず、他の社員には関わらせたくない。

ただ、一部とはいえ談合に頼って仕事を取っている以上、私がもし倒れたりすれば談合分の仕事が減る。私はまだ元気だが、夫がそうであったように、いつ、どんな病気になるか分からない。社長の仕事ができなくなるくらい大きな病気をすることもある。

そうなったときに談合の比率が大きい状態のままでは売上が急減する。そのリスクを抑え、私に万一のことなどがあった場合でも仕事がちゃんと取れるように、積算の力を磨かなければならないと思うのだ。

嫌がらせの始まり

もっと強い会社にしなければ。そんなふうに思って仕事に没頭していた頃、私はある変化を感じた。

「なんか変だな……」

最初にそう感じたのは、入札で市庁舎を訪れていたときのことだった。入札し、結果を待つために椅子に座っていると、普段であれば顔見知りの業者が話しかけてくる。仕事の調子はどうかと聞いてくる人がいて、またゴルフに行こうと誘ってくれる人がいる。儲からなくて大変、資材が高くて困る、人がいなくて忙しいなど、愚痴をこぼしにくる人もいる。

ところが、その日は誰も近寄ってこなかった。フロアの遠くに顔見知りの社長たちが何人かいたが、私に気をかけることなく、入札結果を見て、さっさと帰っていった。

みんな、忙しいのかな。それなら、こちらから無理に話しかけに行くこともないし、そもそもたわいのない世間話だ。

そう思ったが、ふと思い出してみると、前回ここに来た時も私は誰にも話しかけられなかった。

私、避けられているのだろうか。何か悪いことをしただろうか。

その可能性を考えてみるのだが、思い当たることはない。B技研の仕事はぐって取ったが、それは協会も含めて和解している。以来、私は以前のように、ルールを守り、和を乱すことなく正しく談合に協力している。談合はいけないことだが、談合する上で最低限守らなければならないルールとモラルはきちんと理解していた。


会社に戻って、サトウさんと営業の女性たちに聞いてみることにした。

私が仕事で手一杯の時は、サトウさんが入札に行ってくれている。下請けしてくれる業者とのやり取りもしてもらっているし、周りとの接点もたくさんある。

営業の彼女たちも、私の代わりに入札に行ってもらう機会が増えていた。若くて可愛い、うちの自慢の社員たちだ。市庁舎に行くと、いつも周りの社長たちが寄ってくるし、楽しく談笑している様子を私も何度も見たことがあった。もしかしたらサトウさんや彼女たちも何か変化を感じているかもしれない。

最近、周りの業者に避けられていると感じたことはないか。他の業者がよそよそしい感じがするのだが、そんなふうに感じたことはないか。

そう聞くと、サトウさんは「私はもともと話しかけられるタイプではありませんからねえ」と笑った。確かにそうなのだ。サトウさんは夫と似て寡黙なタイプであり、冗談を言ったり軽口を叩いたりするいわゆる社交的なタイプではない。そこがサトウさんのいいところでもあり、だからこそ私はサトウさんに絶大な信頼を寄せている。夫もきっとそう感じていたのだろう。

「下請け業者はうちの仕事をきちんと引き受けてくれますし、仕事の面ではとくに変わったことは感じません」

サトウさんがそう言うのを聞いて、やっぱり気のせいか……と思ったが、女性社員は少し思い当たるところがあったようだった。

「でも……確かに話しかけられなくなった気はしますね」女性社員の一人が言う。

「言われてみれば、私も最近、周りの社長さんたちと話していないかもしれません」別の女性社員も言う。

心当たりがあるか聞いてみたが、サトウさんも彼女たちも「ない」と言う。

「前向きに考えるなら、一目置かれるようになった、ということかもしれませんね」サトウさんが言う。

「うちが？」

「ええ。舗装の仕事をするようになって、うちの業績が伸びていると感じている業者はいくつもあります。警戒されたとしても不思議ではありません。または……」

「または？」

「社長、何か考えごとをしていたのではないですか？」

「私が？」

「ええ。社長が考えごとをしている時は、近寄るな、話しかけるな、というオーラが出ていますからね。私でも声をかけていいだろうかと躊躇します」

サトウさんはそう言って笑った。

「それ、めっちゃ分かります！」

「私も社長が真剣に考えているときは話しかけられません！」

女性社員たちも同意して笑った。

私もつられて笑ったが、一方で、そんなオーラを出していたのだと初めて知り、驚いた。確かに考えることはたくさんある。とくに入札の直前は仕事が取れるかどうかがかかっているため、ギリギリまで入札金額を考えている。

（3300万円でいけるか、いや、あと50万円下げるか……）

（他の業者はどれくらい本気で取りにきているのだろうか……？）

そんなことを考えながら入札会場にいる周りの業者を観察していると、その態度が、周りを睨みつけているかのように見えた可能性はあるかもしれない。

気をつけないといけない。私が周りの人を見ているということは、周りの人も私を見ているということなのだ。

「今日もあの社長、鬼のような形相だったな」

「女を捨てたヤマンバだ。安易に近づくと食われるぞ」

どこかで誰かがそんなふうに話している様子が思い浮かび、私は自分の日々の言動を反省せざるを得なかった。

なぜか私が犯人にされていた

サトウさんたちと話し、一度は気のせいだったと思うようになったのだが、それから数日後、やっぱり避けられていると確信することが起きた。

その日も私は入札のために市庁舎を訪れていた。いつものように入札を終えて結果を待っていると、会場の隅に自称情報通であるN設備の社長を見つけた。

私は椅子から立ち上がって声を掛けた。

「社長」

「おお、久しぶり」社長は笑顔で応えてくれたが、なんとなくその笑顔がぎこちなく見えた。

「今日は入札ですか?」

「そうなんだ。ああ、悪いけど時間がなくてな。また今度。じゃ」

社長はそう言うと、足早に会場を去っていった。

避けられた！　私は確信した。

社長との付き合いは10年以上になるが、こんなふうに扱われたことはない。忙しかろうが用事があろうが、社長はいつもおしゃべり優先だ。相談があればきちんと聞いてくれたし、自称情報通だけに噂話を面白おかしく話してくれることもあった。ほとんどの場合「社長、用事があったのでは？」と、こちらが言うまで、ずっと話し続け、話を聞いてくれる社長なのだ。

周りを見渡してみると、他の社長も私のことを意識しているのを感じた。チラチラ見ている社長がいる。その中には仲良くしている社長も何人かいたが、目が合うと、さっと逸らす。

何かある。私は完全に避けられている。そう実感して、私は得体の知れない恐怖を感じた。

突き詰めていえば、業界内の人たちに嫌われたとしても別に構わない。私は私の仕事をするだけだ。私のことを慕ってくれている社員もいる。それだけで十分、という気持ちはある。ただ、個人的な感情として、仲が良かった社長が離れていくのは寂しい。そもそも、避けられる理由が分からないのは気持ち悪い。

何が起きているのか。真相はどういうことなのか。

思い当たる理由がないまま、モヤモヤした気持ちを抱えて私は市庁舎を後にすることになったのだった。

真相はすぐに分かった。会社に戻ってすぐにN設備の社長から電話がかかってきたのだ。

「もしもし……」私は遠慮がちに電話に出た。

「おう、俺だ。さっきは変な態度を取って悪かった」社長はそう言って謝った。いつもの社長の口調だった。

「いえ、それはいいんです。あの……私、何かしましたか？　気に障るようなことをしてしまったのだとしたら、謝ります」

「そうじゃないんだ。俺は何もされていないし不愉快に思っていることもない。ただ、ちょっと事情があってな。そのことを伝えようと思って、こうして電話したというわけなんだ」

「事情、ですか？」

「舗装の談合が刺された件、覚えているだろう？　ほら、新聞にもちょっと載った、あの話」

もちろん、そのことは覚えていた。市が行っている舗装工事について、特定の5社が談合で仕事を持ち回りしている、という匿名の投書があったという話だ。

誰が刺したのかは知らないが、これがきっかけで談合に関わっていた指名業者が指名取り消しとなった。うちはそのタイミングで舗装の指名業者になることができたため、そのことも含めてよく覚えている出来事の一つだった。

「あの件が、何か？」

「誰が刺したのか、という話があってなあ。おそらく、談合を刺されて指名を外された業者が怒って犯人探しを始めたんだろう」

「多分、談合に不満を感じていた業者か、談合している業者の仲間割れで誰かが刺したのだと思いますけど……？」

「実は、そうじゃない、という話があるんだ」

「どういうことですか？」

「言いづらいんだがな、社長が刺したという話が広がっているんだよ」

「え、私が……ですか？」

青天の霹靂とはこのことだ。対岸の火事だと思っていた事件のはずが、知らないところで私が火付け役にされていた。

「俺も社長がやったとは思っていない。俺の周りも、社長は関係ないと思っているんだ」

「では、なんで……?」

「これは俺の見立てに過ぎないが、誰かが社長をはめようとしているんだろう。実際、協会内には社長のことをよく思っていない業者がいるのも事実だ」

N設備の社長の言葉を聞いて、私は納得した。私は決して協会内の人気者ではない。B技研をはじめ喧嘩した相手もいる。ただ、そうは言っても嘘の話ではめられるほど恨みを買った覚えもない。私が知らないうちに誰かを怒らせていたのかもしれないが、小さな会社の女社長だから、最近業績を伸ばしているからといった理由で、私を恨む誰かの標的にされたのかもしれないと思った。

いずれにしても避けられているという感覚が間違っていなかったことが分かり、避けられている原因も分かった。私と仲良くしていると、自分も談合を刺した仲間だと思われる。それを避けるためによそよそしい態度を取っていたというわけだった。

「俺は社長が関わったとは思っていない。しかし、周りを気にしてあんな態度を取ってしまった。卑怯者だ。そのことを謝りたくて電話したんだ。本当にすまん」

「いいえ、事情は分かりましたので、気にしないでください」

「怒ってないか……？」

「怒るわけありませんよ。私は社長と仲良くしたいと思っていますし、この件についても、わざわざこうして知らせてくれたじゃないですか。ありがたいと思っています」

「そうか。それなら安心だ」

「それで、うちが刺したって言っているのは誰なんですか」

「ううん……」社長は口ごもった。

業界は狭い世界だ。小さな情報もすぐに広まるため、N設備の社長が黒幕を教えたと分かれば不利益を被ることも十分に考えられる。

その気持ちは分かる。しかし、私は相手を知らなければならない。

「教えてください。迷惑はかけません。これはうちの問題なのです」

「正直なところ、言い出したのが誰かは分からない。ただ、市庁舎では、社長と話したり、仲良くしている業者を見張っているやつがいる。それはU工業だ」

「U工業……?」

「知らないかもしれないな。市の北側で水道工事をしている業者だ」

U工業は、名前は聞いたことがあったが、ほとんど接点はない。規模は確か、うちと同じくらい。談合に関わっている業者の一つであることは知っていたが、地域が違い、狙いに行く工事が違うため、談合のチャンピオンで競ったこともなければ、フリーの入札で競ったこともなかった。

「U工業は陰湿でなあ、ちょっと社長と話そうもんなら、後で営業がこそっと寄ってきてチクリとやるんだ」

「チクリと?」

「そう。『あんなところと仲良くしていていいのか?』『あんたもいつ裏切られるか分からないぞ』そうやって警告してくるんだよ」

N設備の社長によれば、U工業の営業は協会の幹部に取り入ろうとしているようだった。しかし、だからといってうちを潰しにかかる理由にはならない。うちをいじめたところで協会の評価は上がらないからだ。

どうも釈然としない。U工業に恨まれる理由がまったく思い浮かばない。誰か黒幕がいるのだろうと思った。

「このことは、協会は知っているのでしょうか?」

「いや、そういう話は聞いていないが時間の問題だろう」

彼がそう言うのを聞いて、私は憂鬱になった。

B技研の件が決着したばかりだ。またうちがトラブルに関わっていると思われれば、しかも、談合を刺したかもしれないと会長の耳に入ったら、協会は嫌な気分になるだろう。

それからしばらく雑談をして、最後に「また何か分かったら教えてください」とお願いして、私は電話を切った。

黒幕は誰なのか

この日を境に、私はなるべく目立たないようにしようと決めた。粛々と仕事をする。入札のために市庁舎に行くこともあったが、入札し、結果を聞き、さっさと帰ってくる。サトウさんと営業の女性社員たちにも事情を話した。入札会場に長居しないこと、他の業者と話さないようにすること、何か言われても気にせず、おかしなことがあれば私にすぐ報告してほしいと伝えた。

U工業の社員を見たのは、それから間もなくしてからのことだった。入札会場でふと監視されているような視線を感じ、気づかれないようにそちらを見ると、ストライプのスーツを着た小柄な男性と、つなぎを着た男性がチラチラとこちらを見ながら話をしていた。

あれがU工業か……？　さりげなく近づき、つなぎの刺繍を見ると、やはりU工業と書いてあった。

うちに何か用でもありますか？　何か恨まれるようなことしましたか？　そう問い詰めたい

気持ちを抑えて、気にしていないふりをして横を通り抜けた。

市庁舎では、情報を教えてくれたN設備の社長も何度か見かけた。迷惑がかかってはいけないため、私から話しかけるようなことはしない。社長も話しかけてくることはない。ただ、たまに目が合うと、社長は遠くのほうから小さく手を上げて微笑みかけてくれた。かつて仲良くしていた他の社長たちも同様に、市庁舎で話をすることはなかったが、目が合うとみんな微笑んでくれた。

その心遣いがうれしかった。「君は一人じゃない」と伝えてくれている気がした。

恨まれた理由は何なのか

N設備の社長から続報をもらったのは、それからしばらく経ってからのことだった。

社長は、協会の旅行から戻ってきたばかりだった。この旅行は、上下水道の会で不定期に行われているもので、私にも一応声がかかったが今回は参加しなかった。

「旅行、どうでしたか?」

「いつもの通りで飲んで食って騒ぐだけだ。社長は今回、不参加にしたんだな」

「ええ、もともと私は宴会旅行が苦手ですし、今はこういう状況ですから」

「それもそうか。それでな、一つ伝えたいことがあってな」

そう言うと、社長は旅行先での様子について教えてくれた。宴会は何時間も続き、お酒が進むにつれていろんな話が出たという。噂話が好きな社長にとって、これは楽しい場のはずだ。仲良い社長たちと想像と妄想が入り交じった話をしながら、業界の現状を憂いたり、業界の未来について話したりしていたのだそうだ。

今回の旅行はU工業も参加していた。ふとU工業が誰と、どんな話をしているのか見たところ、U工業の営業担当、M土木の社長、H建設の営業担当が宴会場の隅っこのほうに陣取って話をしていたという。

上下水道の会の旅行になぜM土木がいたのかは分からないが談合の借りを忘れたふりをすることと、協会の幹部に取り入る接待がM土木の得意技だ。きっと協会幹部の誰かに取り入ってうまいこと交ぜてもらったのだろう。

「その時にな、彼らの話がチラッと聞こえたんだよ。だいぶ酔っ払っていたから声もでかいし、気分もでかくなっていたんだろう」社長が言う。

「どんな話をしていたんですか」

「言いづらいんだが、社長の会社が目障りだとか、潰してやるとか、そういう話なんだ」

そう聞いて、背景が見えた。

M土木か。それなら説明がつく。M土木とは、私が談合を始めた頃から犬猿の仲だ。工事の地域が近いこともあって土木の談合内でもフリーの入札でもまさに競合中の競合だった。

とくに談合のチャンピオン決めでは、しょっちゅう競っていた。M土木は、譲ったとしても借りを返さない。稀に借りを返して譲るとしても、あれこれごねるので非常に面倒だ。うちは譲りたくないし、M土木はそもそも譲る気がないため、チャンピオン決めは必ず難航するのだ。

M土木にとってうちは目障りな存在だろう。ただ、うちを直接攻撃するとトラブルになる。もめ事の火種を作っていると知られれば協会での信頼がなくなる。熱心に協会幹部に取り入るのも、将来的に自分たちが幹部になりたいと思っているからだろうし、その点でも自分たちの評価を落とすわけにはいかない。

そこで、小間使いができそうな業者としてU工業を見つけたのだろう。

自分が協会の幹部になるためにU工業の営業にはいい思いをさせる。お酒を飲ませ、女性が横につくお店に連れていき、たまにはお小遣いもあげているのかもしれない。詳細までは分からないが何かしらの報酬を与えて、表向きのいじめ役としてU工業を使い、うちを陥れようとしているというわけだ。

「話がだいたい分かりました。ありがとうございます」

「あいつらは自分の利益のためには危ないこともやりかねない連中だ。十分に注意しろよ」

「はい」

「それと、これは老婆心なんだがな」

「なんでしょうか」

「連中との付き合い方を少し考えたほうがいいかもしれないよ」

社長は、談合のことを指していた。談合は損得勘定が働きやすく、そのせいで裏切り、妬みといった余計な感情も生まれる。今回のようなトラブルに巻き込まれるのも、談合に協力しているからではないかと社長は指摘してくれていた。

「そうですね……」私はそう答えて、それ以上何も言えなかった。

Ｎ設備は談合をしていない。正々堂々とフリーの入札で勝負している。

私もそういうふうになりたい。心の中ではそう思っている。

Ｎ設備の社長と仲良くしているのも、話が合い、面白い社長だということもあったが、その根底には、正々堂々と戦っている姿を素敵だと感じ、一緒にいることによって、少しでも近づけるのではないかという思いがあったからだ。

ただ、そう思う反面、談合を離れる不安もある。談合をやめれば売上は減る。うちのような小さな会社は、ちょっと傾くだけで潰れる可能性すらある。

「社長のとこは、積算力がある。いい番頭もいるし、若い社員も育っている。わざわざ泥水に足を突っ込んで仕事を取りにいく必要もないと思うんだがなあ」

「はい。きちんと考えたいと思います」

「おっと、余計な話をしてしまったな。自分の会社のことで手一杯だってのに、俺は何を偉そうなことを言っているんだか」そう言うと社長は笑った。

「いいえ、ありがとうございます」

「まあ、今の話は忘れてくれ。また連絡するから」社長はそう言って電話を切った。

電話を切って、私は「そろそろ潮時かもしれない」と思った。

談合を抜けて、積算だけで仕事を取っていけるだろうか。正直、自信はない。うちなら大丈夫。勝負できる。そう評価してくれている人はいる。N設備の社長もその一人だ。問題は、私自身だ。積算に力を入れている一方、うちなら大丈夫、戦っていけると言い切れる自信がなかったのだ。

孤立無援、協会は頼れない

N設備の社長は、U工業、M土木、H建設の営業担当が3人でコソコソと話していたと言っていた。気になったのは、H建設の営業担当がその場にいたことだった。

考えられる可能性は2つある。一つは、U工業とM土木がH建設にあることないことを吹き込んでいる可能性だ。うちが談合を刺した。確たる証拠はないが、ほぼ間違いない。そんな話をしていたのかもしれない。M土木の社長は「約束は破るためにある」と言い切るような不誠実な人だ。あるはずもない証拠をでっち上げて、私が刺したと吹聴している可能性は十分に考えられる。

これは困った展開になる。H建設の営業は、その話をH建設の社長に伝えるだろう。H建設の社長は談合全体を仕切っている協会の会長でもあるため、私が談合を刺したと聞けばお叱りどころではなく怒り狂うはずだ。

しかも、H建設の社長とはB技研とのトラブルで話をしたばかりだ。その時はどうにか治めてもらったが、私の泣き言を聞くのはこれで最後だと釘を刺された。今回は私の味方をしてくれないだろうし、私が刺したと信じたとしたら、飼い犬に手を噛まれたと思い激昂するかもしれない。

H建設の営業がいたことについてもう一つ考えられる可能性は、私が刺したという噂にH建設も関わっている可能性だ。考えたくないことだが、あり得ないとも言い切れない。

私は業者間のトラブルでH建設や協会に迷惑をかけた過去がある。最近は談合にも消極的なため協会内の輪を乱す存在と思われているかもしれない。つまり、H建設にとってもうちは目障りであり、潰してやろうと考える理由はあるということだ。

分かっている情報を整理すると、手となり足となって嫌がらせをしているのはU工業で、その裏で手を引いているのがM土木だ。さらに、その奥にH建設もいるかもしれない。うちを潰そうとしているのは誰なのか。M土木なのか、それともH建設なのか。噂が流れた真相が見えないまま、協会の会長であるH建設の社長から呼び出しの電話がかかってきたのは、それから数日経った時だった。

「すぐに伺います」

そう伝えて、私はH建設に出向くことになった。

不安はある。私は胸を張って無関係だと言えるが、H建設が信じてくれるかどうかは分からないし、実はH建設やH建設の社長、あるいは協会がうちを潰そうとしている疑惑もある。今の私にできることは事実を正直に伝えることだけだ。私は覚悟を決めて、会長が待つ応接室のドアをノックした。

応接室で待っていたのは会長一人だけだった。

「まあ、座りなさい」会長が言う。

私が目の前に座ると、会長は「……ったく」と言ってため息をついた。「また、お前か」と思ったのだろう。

「すみません」私はとりあえず謝ることしかできなかった。

自分は何も悪いことはしていない。しかし、意図せずして会長に負担をかけているのだとしたら、そのことは謝らなければならないと思った。

「何の話かは分かっているな?」

「はい。でも、噂は事実ではありません。私は刺していませんし、誰が投書したかも知りませんし、全てはうちを潰そうと企んでいる業者が作り上げた話です」

私がそう言うと、会長は私をじっと見つめてため息をついた。

「まあ、しばらく大人しくしていろ」

「え……?」

「仕方がないだろう。真実がどうであれ協会内ではお前が刺したと思われている。重要なのは真実ではない。事実だ。人の噂も七十五日。事実が分かればそのうちに落ち着く」

会長の言葉を聞いて、私は耳を疑った。会長の判断は協会の判断ということだ。つまり、協会は今回のことをうやむやにしようとしている。身に覚えのない噂を流されたうちのことは放ったらかしにして、悪意をもって噂を流した業者を無罪放免にしようとしているのだ。

それはあまりにひどいのではないか。そう思わずにはいられなかった。

「それは協会としてこの件に関わらない、ということですか？」

「関わる……？」

会長の顔色が変わった。「しまった」と思った。余計なことを言ってしまったと直感した。

「なんか勘違いしていないか？」

「すみません」謝りましたが、時すでに遅しだ。

「協会も俺も、そもそもこの件には関わっていない。お前が招いたトラブルだろう！」

「ですが……」

「誰が、どういう意図で談合を刺したのかは知らない。知りたくもない。お前の会社は、それで指名業者になった。仕事も増えた。言ってみれば、妙な噂を流されたとしてもプラスマイナスゼロだ」

「はあ、そういう見方もできますが」

「協会はどうだ。俺はどうだ。お前らに関わって何かいいことがあるか？　B技研ともめたとき、俺やG組がお前を救ってやった。お前が1工区をくぐったせいで、俺たちの庭が荒らされ、自分たちも仕事を取られる可能性があった。協会に何かプラスのことはあるか?」

「ありません」

「B技研とのトラブルが決着したとき、俺が何と言ったか覚えているか? 社長として腹を括れと言った。お前の泣き言を聞くのはこれで最後だと言った。忘れたのか!」

「覚えています」

「お前の世話ばかりしているわけにはいかない。ただでさえ俺はお前に甘いと思われているんだ。俺のメンツも考えろ!」

「はい。申し訳ありませんでした」

私は深々と頭を下げて、謝った。ただ、納得いかなかった。

会長がうちをひいきしているように見られるのが嫌だと思っていることが分かった。しかし、それとこれとは話が違う。犯人に仕立て上げられて、いじめのような仕打ちを受けて、それでも守ってくれないのであれば何のための協会なのか。単なる談合のための組織に過ぎないではないか。そう思い、行き場のない怒りと失望が込み上げてくるのを感じた。

ようやくたどり着いた脱談合の決意

大人しくしていろと言われた以上、大人しくしているしかない。私は心の中で燻っている怒りを押し殺しながら、それから数日の間、黙って仕事と向き合うことにした。

怒りが爆発したのはそれから間もなくのことだった。

ある日、会社に戻ると、社内が大変なことになっていた。営業の女性社員が泣いている。別の社員が背中をさすってなぐさめている。その様子を見守るように、サトウさんや直営班のスタッフが女性社員の周りに立ち尽くしていた。

「どうしたの?」

ただごとではない様子に驚いて私は思わず聞いた。

「実は市庁舎で……」サトウさんが言いかけたところ、なぐさめていた女性社員がその言葉を遮り、訴えかけるようにして私に言った。

「彼女、コーヒーをかけられたんです!」

見ると、彼女のスーツには大きなコーヒーの染みがあり、コーヒーの匂いも漂っていた。

「……誰に？　なんで？」

「入札に来ていた業者の営業です。「汚いことしやがって」って罵られ、一方的にコーヒーカップを投げつけてきたんです」

話の状況がいまいち分からなかった。なんで彼女がこんな目に遭わなければならないのか。戸惑っている私に、サトウさんがことの詳細を説明してくれた。

「以前、舗装の談合が刺されたことがありましたよね。あの件で、指名を外された業者がうちを逆恨みしたようです」

「まさか……」私は言葉を失った。

この件はM土木による嫌がらせだと思い、相手にしなければそのうちに気が済むだろうと思っていた。しかし、うちが刺したという話を信じた業者が裏切り者だと思い込み、たまたま入札に行っていた彼女がこんなひどい仕打ちを受けることになったのだ。

これ以上は黙っていられない。女性社員とサトウさんに座ってもらい、ことの顛末を話すことにした。

うちが舗装の談合を刺したと噂されている。その噂を誰が流したのかは分かっていないが、私がそんなことをするはずがないと信じてくれる業者がいる一方で、噂を鵜呑みにしている業者もいる。この件については協会の会長であるH建設の社長に話したけれども、取り合ってもらえなかった。私は洗いざらい彼らに伝えた。

「しばらく大人しくしていれば、そのうちに終わる。協会の会長に、そう言われました。私もそれがいいと思って、無視することにしました。その判断が間違いでした。ごめんなさい」

私はそう言って頭を下げ、応接室のテーブルに額を押し付けた。

「……社長。よしてください」サトウさんが言う。

「そうですよ。私は大丈夫ですから」泣いていた女性社員もそう言ってくれた。

「いや、全て私の責任。本当にごめんなさい」

怒りと悔しさで涙が込み上げてくるのを感じた。

実際、私のせいなのだ。M土木に睨まれたのも、協会の助けを取り付けられなかったのも、全て私の言動のせいであり、力不足のせいだ。

仕事を取るため、生き残るため、食べていくため。私はそう思って仕事をしてきた。談合のことも含めて、あらゆることが会社のためなのだと自分に言い聞かせてきた。

しかし、ようやく目が覚めた。「会社のため」は詭弁だ。現実から目を逸らし、自分をごまかし、談合に関わってきた事実を正当化しているに過ぎない。

現に、こうして大事な社員が泣いている。侮辱され、苦痛を感じている。その姿を目の前にして、もはや「会社のため」などと言うことはできなかった。

「これだけは信じてほしいんです。私は刺していません。こんな目に遭わなければならないようなことは、何一つしていません」

「分かっています」サトウさんが言う。

「私たちも、分かっています」彼女たちもそう言ってくれた。しかし、私は自分を許せなかった。そして、脱談合を決心した。

現状を変える。談合ときっぱり縁を切る。彼女たちを守るため、社員と社員の生活を守るため、真の意味で「会社のため」に生きるのであれば、今、この瞬間、脱談合を決意しなければならないと思ったのだった。

この日以来、入札には私とサトウさんだけが行くことにして、彼女たちには積算に専念してもらうことにした。談合ではなく、入札で仕事を取る。協会とも談合とも距離を置いて、仕事を取っていく。心の中でそう決めた。一方で、社内でも社外でも平静を装っていたが、内心はキレていた。

うちの可愛い社員になんてことをするんだ！　考えれば考えるほど、怒りの炎は燃え上がった。

彼女たちに限らず、社員は全員、私の自慢だ。ベテランも中堅も新人も、全員がかけがえのない宝であり、身を挺して彼らを守る覚悟もある。とくに女性社員たちは親子ほど年が離れていることもあって、大事にしたいと思っている。私に対しては何をしても構わないが、社員を侮辱したり攻撃したりするようなことは許せない。

絶対に許せない。地獄の果てまで追い詰めて、自分たちが何をしたか身をもって分からせてやる。そう心に決めた私は、そもそもの発端を作ったM土木とフリーの入札で真っ向勝負することに決めた。

談合なし、話し合いもなしだ。M土木の陰謀で不快な目に遭わされた女性社員たちの積算力でM土木の仕事を狙い撃ちで奪いにいく。

ついで、と言ったらおかしいかもしれないが、市の北側にも手を伸ばし、U工業が入札している水道工事も取りにいくことにした。U工業の仕事は地区が違うため費用もかかるが、赤字にならない限りは入札する。そう決めてもまだムカムカが治まらないくらい、私はキレていた。

談合から抜ける準備もすぐに始めた。具体的には、過去の談合で借りがある業者にチャンピオンを譲り、借りを清算していく。いくつかの業者には貸しがあったが、それらは全て放棄した。新たな談合の声がかかることもあったが、話し合いには参加しない。複数の業者で持ち回りしていた仕事は割が良かったが、その輪からも抜け、協会とも距離を置くことにした。

談合の仕事がなくなったことで1件あたりの利益率は下がった。しかし、仕事の数は増え、売上も増えた。その理由は、積算力を発揮して取れそうな仕事を片っ端から入札したからだった。売上が減れば会社の経営が危なくなる。社員にボーナスも出せなくなる。それを避けるために、私は薄利多売で売上を作ることにした。

入札で取る仕事の中には、安いだけでなく作業しづらい現場の仕事もあった。そのせいで直営班の負担が大きくなることは心苦しかった。しかし、独立独歩で生き残っていくためにはここが踏ん張りどきだ。そう考えて、私は入札を増やし、仕事を取り続けた。

M土木と競って仕事を取る。入札し、結果を聞き、市庁舎を後にする。毎度、表情を変えることなく、誰とも話すことなく、淡々と結果を聞いていたが、1つ仕事を取れるたびに、心の中ではガッツポーズを取っていた。

うちの積算を舐めるな。心の中でそう呟くとともに、この十数年で、すっかり自分の口調が荒っぽくなっていることに気づいた。

会社に戻り、「仕事が1つ取れました。皆さん、よろしくお願いします」と伝える。社員は相変わらず、仕事を取ってきたことを喜んでくれた。直営班は、内心、「もう手一杯だよ」「また安く取ってきたんじゃないだろうな」と思っていたかもしれないが、「よし、やるぞ！」「さあ、準備だ！」と声を掛け合って、気合を入れてくれた。

その様子を見ながら、なんだか会社が一つにまとまっているのを感じた。

利益率が下がって忙しさは増したが、社員はみんな笑顔だ。活力も高まった。

結局のところ、私は今まで会社と社員を信じきれていなかったのだ。積算だけでは仕事が取れるか不安だった。それは社員の力を信じていないということで、だから私は談合に協力した。難しく、手間がかかる仕事はミスが出る可能性が高くなる。ミスが出れば元請けとしての評価が下がる。だから私は、談合を通じて簡単な仕事を取っていたが、それもつまり、社員の技術を信じていなかったということだ。

どうしてもっと早く社員を信じなかったのか。社員と正面から向き合い、彼らを信頼すれば、嫌な思いをすることなく、させることもなく、会社はちゃんと成長できたはずだった。

時間を無駄にしてしまったと反省した。遅れた分を取り戻さなければならない。そう考えて、私は正々堂々と仕事を取り、社員全員が誇れる会社に成長させていこうと固く誓ったのだった。

戦いは続く

正々堂々と仕事を取る

まるで生まれ変わったかのような清々しい気持ちだった。

社長になって20年近くが経ち、この仕事が好きにはなってきてはいたが、今がまさに最高潮のような気がしている。会社に来るのが楽しく、社員と話すのがうれしく、仕事をすることに幸せを感じる。

一番の理由は、談合をやめて、協会と距離を置くようになったことだ。「会社のためだから」「売上が必要だから」と自分を正当化しつつも、やはり罪悪感があったのだろう。心の重みが消えた。自分を信じ、社員を信じられるようになったことで、私はようやく仕事に没頭する意義と価値を実感できるようになった。

協会の集まりには、ゴルフコンペも旅行も、すっかり顔を出さなくなっていた。M土木の社長をはじめ、協会には顔も見たくない人たちがいる。会えば嫌味を言われるだろうし、フリーで仕事をたくさん取っていることを妬まれる可能性もある。

悪口や妬みを気にしてはいけない、と自分に言い聞かせてはいたが、やはりストレスになっていた。会いたくない人に会わなくていい。ただそれだけのことだが、心はとても穏やかになった。

仲良くしてくれる社長さんたちと会えないのは寂しい気もした。しかし、時間が経てばきっとまた会えるようになる。今はそう信じるしかない。

何より私には社員がいる。社員とともに日々の仕事に没頭することができる。それだけで今の私には十分だった。

談合で協力し合っていた業者とはすっかり交流がなくなっていた。フリーの入札は、談合で入札する業者より安くなることがほとんどだったため、仕事もしっかり取れた。談合しているときは、割が良く効率良く儲かる仕事を選んでいた。順番を待ってチャンピオンになれば、希望額に近い価格で落札することもできた。

今はそれができない。相手がいくらで入札するかも分からない。

勝つためには安く入札する必要があり、希望額の80％や70％くらいまで下げて入札することもある。相手が直営班をもたない業者であれば、70％まで下げれば、落札できる可能性もかなり高くなる。

希望額の100％で取る談合の仕事も、70％に落として取るフリーの仕事も、1本は1本で違いはない。談合を抜けたことによって100％の仕事が取れなくなったのなら、70％の仕事を2つ、3つと取ればいい。そう開き直れば、仕事はちゃんと取れるし、仕事が取れれば会社も安定するのだ。


脱談合に向けて周りとの関係を絶っていく過程では、一部の業者から裏切り者と言われ、身勝手だと罵られた。「夜道に気をつけろよ」と脅されたこともあった。

当初はそのような言葉に怯えて夜道では何度も振り返り、コーヒー事件の時のように社員に危害が及ぶのではないかと心配したこともあった。しかし、実際には取り越し苦労で終わった。実害が及ぶことはなかったし、協会の集まりなどでは私の陰口を叩いているのだろうが、それも気にしなければいいだけだ。

結局、うちが談合を抜けることについて悪く言うのは、妬みの感情によるものなのだ。積算で仕事が取れない悔しさ、談合に頼らざるを得ない劣等感、変わりたくても変われず、抜け出したくても抜け出せないもどかしさ。そういった負の感情を、私への悪口によって浄化するしかないのだ。

人は変化を嫌う生き物だ。つらい道よりラクな道を選びたくなり、新しい方法に挑戦するより慣れた方法に固執したいと考える。私自身、談合は良くないことだと分かっていながら、20年近くにわたって抜け出せなかった。談合で仕事を取るほうがラクで、正々堂々とフリーで勝負する自信がなかったのだ。協会に対する不信感とコーヒー事件がなければ、今も談合を続けていたかもしれない。だから、彼らを敵視するつもりはないし、彼らを悪く言う資格もないと思っている。

人生は不思議なものだ。ふとしたきっかけで考え方が変わり、行動や生き方まで変わる。たまたま私は変わるきっかけを得た。私を悪く言うかつての談合仲間たちは、きっかけがなく、変わることができないままだ。たったそれだけの違いなのだと考えると、彼らにはむしろ同情の気持ちが生まれた。

そもそも私が脱談合を決意した理由は、談合制度や談合している業者が嫌だからではなく、彼らを苦しめるためでもない。

うちは、うちが「取りたい」と思った仕事に入札する。相手が誰であっても関係ない。指名業者の顔ぶれを見て、競り合うことになりそうな強い業者を特定し、入札価格を予想して勝負する。入札とは本来そういうもので、勝つことがあれば負けることもあるが、正々堂々と勝負して、胸を張って仕事ができる会社にしたいと思ったからなのだ。

社員を信じ、仲間を信じる

薄利多売の仕事の取り方は、当初は社内で嫌がられた。現場を動かしている直営班としては当然の反応だ。忙しくなる一方で1本あたりの利益は減るわけだから、「また安い仕事を取ってきたな」「いくらやっても儲からないぞ」と言われたこともある。

しかし、談合をやめてから1カ月経ち、半年経ち、1年が経つ頃には、そのような不満は出てこなくなった。

「仕方がない」と思ったのか「文句を言っても変わらない」と思ったのか。あるいは、会社として着実に成長していくためには、安くてもたくさん仕事を取る以外に方法がないのだ、と分かってくれたのかもしれない。

私は直営班の頑張りに感謝している。仕事が取れても、現場をこなしてくれる人たちがいなければ仕事として成立しない。

負担が増えているなあ。つらいだろうなあ。大丈夫かなあ。

そう思う気持ちから、ある時、直営班のリーダーである現場監督に「安い仕事が多くてごめんね」と言ったことがあった。監督は、先代社長の頃から勤めている古株で、サトウさん同様、ずっと会社を支えてくれている人だ。

「負担が大きいでしょう？　いつも頑張ってくれて助かっています」

そう言うと、監督は驚いたような顔を見せて、それから少し笑った。

「まあ、しょうがねえだろう。うちはまだまだ仕事を選べるほど偉くない。文句を言うやつらもそのことは十分に分かっている。安い、つらい、大変だ、なんてのは俺らの口癖のようなもんだ。下請けばかりやっていた頃は今の70％くらいの金額で仕事をしてたんだ」

「そう言ってくれると助かります」

「こっちのことは心配せず、どんどん仕事を取ってきてくれ」

「……いいんですか？」

「当たり前だろう。社長の役目は仕事を取ることだ。頑張っているのはみんな分かっている」

監督はそう言うと、スタッフを引き連れて現場に出ていった。うちは本当に社員に恵まれている。これも先代社長が遺してくれた大事な資産だ。監督の言葉を聞き、私はそのことにあらためて感謝した。同時に、積算力と直営班といううちの強みを、最大限に発揮できる会社に成長させていかなければならないと思った。

1年もすると、徐々にだが安い仕事でも利益が出せるようになっていった。

現場仕事は、うちで施工することもできるが、安く引き受けてくれる業者がいれば、下請けに出すこともできる。

安く引き受けてくれる業者を探すのは企業努力だ。そこをサトウさんや直営班のスタッフが頑張ってくれたおかげで、下請けしてくれる業者が増え、利益も残るようになっていった。

下請けしてくれる業者に対しては、きっちりと支払いをして、できるだけ多くの仕事を発注するようにした。工事一つひとつの単価は安くても、複数の仕事があればまとまったお金になる。実際、単発仕事は渋々だが10本まとめてなら喜ぶ業者も多い。仕事が出せるようになると自然と下請け業者も集まってくる。きちんと支払って仕事を発注すればうちの信用が高まる。結果、さらに協力業者が増えていく。

このようにして、仕事の幅と業者との付き合いが広がっていった。かつて協会で仲良くしていた社長たちの会社とも、うちの仕事を下請けしてもらうことによって少しずつ交流が戻っていった。

E建設から電話がかかってきたのは、ちょうどそんなタイミングだった。

E建設は、私が談合することになったきっかけを作った業者だ。K川の河川整備を、E建設やうちを含む7社で持ち回りにしよう。そんな提案を受けたことから、私は談合を始めたのだった。

E建設の社長とはとくに仲が良いわけではない。談合を抜けて以来、仕事での接点はないし、協会を通じた接点もなかった。

何の用だろう……。今さら談合の誘いということもないだろうし。

そんなことを思いながら受話器を取った。

「元気にしてるか？」社長が言う。久々に声を聞いて、当時のニコニコ顔が目に浮かんだ。

「はい。苦労は多いですが、おかげさまでどうにかやっています」

「ところで、談合をやめてからの調子はどうだ？」

「利益が小さくなりましたから厳しい面はあります。貧乏暇なし。そこは昔から変わりません」

「そうか」社長はそう言うと、少し黙る。

まさか、うちが談合をやめたことを非難するためにわざわざ電話を掛けてきたわけではないはずだ。何か言いたいことや聞きたいことがあるのだろうと思った。

「社長、どうかしたのですか？」

「どうってことはないんだが、俺ももう疲れちまってなあ……」

談合に疲れた、という意味だろうと理解した。社長は私のひと回りくらい年上で、そろそろ70歳になる年齢。協会や周りの業者の顔色をうかがいながら仕事を取る日常に不満を感じているのだろうと思った。

「確かに、談合は疲れますよね。気を使いますし、話し合いでもめることもありますし、リスクもありますし」

「俺も枕を高くして寝たい。しかし、長年の付き合いもある。いつまでこんなことを続けるんだろうと思ったら、俺もおたくみたいにフリーになろうかなと思ってな。それで、実際どんなもんなのか話を聞かせてもらおうと思ったんだ」

「そうでしたか」

協会内で気を使うだけでなく、昨今は業界を取り巻く外部環境の変化も疲れる要因の一つになっていた。コンプライアンス重視の社会になり、世間の談合に対する風当たりが年々強くなっていたからだ。談合が明るみに出れば課徴金などのペナルティがある。指名業者から外されることもある。それに加えて、社会的な信用も失いかねない。

「あの業者って確か……」、そんなふうに後ろ指を指されることもあるだろう。「悪事千里を走る」という言葉があるが、ＳＮＳが浸透している時代では、些細な悪事でさえも社会全体に広まるのだ。

そういうプレッシャーは、会社が成長している時や、談合で順調に仕事が取れている時はあまり感じないものだ。しかし、いったん勢いが止まると、ふと我に返る瞬間が来る。その瞬間が、社長にも訪れたのだろうと思った。

社長によると、協会内では世代交代したり後継者が見つからずに廃業したりすることによって談合から抜ける業者が少しずつ増えているようだ。残った業者の間では、私の会社が参加しないなら談合する意味がない、という意見も出ているのだという。

積算力や仕事を取ってくる営業力が弱い会社から見ると、談合は、フリーの入札で仕事が取れる強い業者を説得し、抱え込むことに価値がある。そうすることで一人勝ちを防ぎ、なるべく高い価格で安定的に仕事を得ることができるからだ。私の会社は徐々にだがフリーで仕事が取れるようになった。うちよりも積算力や営業力が弱い会社は仕事が取れず、価格も維持できない。それならリスクを取って談合する意味がない。そう考える業者が増えたというわけだ。

「さて、地道に営業でも行ってくるか。また相談に乗ってくれよ」社長が言う。

「はい。私でよければいつでも」

電話を切って、私は社長の気持ちを想像した。社長は変わりたいと思っている。自分より年下で社長経験も浅い私に電話をかけ、意見を聞くのは勇気がいることだ。プライドやメンツを考えると、なかなかできることではない。それでも社長は電話をかけてきた。それは弱気になったからではなく、変わるためのきっかけを探しているからだろうと思った。

電話を切った後、私は直近の入札記録を読み返してみた。すると、社長が言うように、談合の落札者が減り、談合をやめる業者が出てきていることを表す変化が読み取れた。

入札記録で入札業者の顔ぶれや落札価格を見れば、談合がある工事はだいたい見抜ける。協会と深くつながっていた時の情報交換や会話から、どの業者が談合しているかは分かっているし、価格の面でも、談合がある工事は普通に積算する価格より高く落札されているからだ。

過去1年くらいの記録を見てみると、談合の痕跡が見て取れる工事が以前よりも減っていた。談合で回っていたはずの工事が普通の入札に変わっていることに気づいたり、談合に積極的だった業者がフリーの入札で仕事を取っていることに気づいたり、そのような変化を見ながら、私は談合という古い仕組みが崩壊していくのを感じた。それはつまり、談合する旨味がなくなり、談合をまとめる協会の力が弱くなっていることを意味していた。

一歩も引けない戦い

変わる会社や変わろうとしている会社があれば、ずっと変わらない会社もある。M土木はその典型といえる。入札の現場では、M土木と度々トラブルが起きた。それもそのはず、うちはコーヒー事件以来、M土木が入札する仕事を狙い続けていたからだ。

社内ではもうコーヒー事件について話す人はいなかった。被害に遭った当人も、ほとんどそのことを忘れたかのように楽しく仕事をしている。しかし、私はM土木を許したわけではない。徹底的に攻める。相手が「参った」「悪かった」と言っても、さらに叩く。積算を武器にフリーで仕事を取る理由は、仕事を増やし、会社を成長させていくことだが、M土木が競合となる工事に関しては、うちの可愛い社員を苦しめたことに対する憎悪と執念をもって戦いを挑んでいた。

M土木との入札勝負は、7割くらいはうちが勝っていた。M土木が入札する工事で、人員と利益の面でうちも参加できるものには徹底的に参加していった。

うちが入札するということは価格勝負になるということで、M土木も入札価格を下げなければならない。たまにうちが負けることもあったが、その場合でもM土木はかなり利益を削って落札しているはずだ。そう考えると、M土木とやり合うのは面倒だし手間なのだが、うちにとっては勝負する価値があった。

ただ、M土木も負けてはいない。M土木特有の陰湿な方法でやり返してくる。

その一つが、市へのクレームだ。うちに限らないことだが、市の仕事を狙う元請け業者にとって、最も嫌なのは市に嫌われることだ。市は税金の使い方や公共工事の進め方などについて市民やメディアの監視を受けているため、問題を起こさず、疑惑などを生むことなく、穏便にやってくれる業者に発注したいと考える。

M土木はそのことを知っている。そのため、うちが入札で競り勝った時などには市にうちのクレームを入れる。あの業者の仕事が雑だ、なんであんな業者に仕事をさせているんだといった匿名の難癖をつけるのだ。

これは、今回の件が起きる前からM土木がやっていた常套手段だった。談合でうちがチャンピオンになると役所にクレームを言って入札を妨害する。自分が談合に加わっていることを棚に上げて、「あの入札は談合だ」と匿名のクレームを入れることもあった。そのせいで疑惑が生まれて、うちが勝てそうな入札が中止になったり、勝ち取った仕事が入札からやり直しになったりしたこともある。M土木はそのことを隠すつもりもないようで、フリーの入札でうちがM土木に勝ったりすると、「おたくが工事するとクレームが出るんだってな」「今回はクレームが出ないといいけど」など、嫌がらせをチラつかせることがしょっちゅうあった。

うちはフリーなので談合を疑われても無実を証明できる。M土木は談合しているため、安易に「談合だ」と刺すことによって、自分たちの談合が明るみに出る可能性がある。その危険を冒してまでM土木は嫌がらせをする。そこまで徹底できる姿勢には、私は呆れる反面、すごいなと感じることもあった。

M土木は、うちだけではなく他の業者ともめることも多かった。談合では「譲ったのに借りを返さない」と嫌われ、フリーの入札では、仕事を取った業者や入札そのものにクレームを入れるため、汚いことをやる業者だと思われていた。

ただ、M土木はそういった業界内の悪評を気にしている様子がない。気に入らなかったら駄々をこねる。思う通りにならなかったら嫌がらせをする。まるで子どもだ。そして、それが

M土木のやり方だと誇示するように、やりたいようにやっていたのだ。

実力だけで勝負する

談合をやめて、ようやく仕事がうまく回り始めた。業績の面では、M土木とは泥仕合が続いていたが、その一方で、他の入札では「取りたい」と思うものをだいたい取れるようになった。うちには積算力があるし、直営班がいる。下請けしてくれる業者も増えている。うちがフリーの入札で仕事を増やしていくのを見て、協会内では談合から離れる業者がさらに増えていった。こうなると、協会は面白くない。協会に取り入り、幹部の座を狙っているM土木も面白くない。

談合は協会内の業者で行われているもので、その管理や調整に協会が深く関わっている。談合が減れば、その分だけ協会の影響力も薄れる。これまで談合でいい仕事をもらっていた業者も、談合できずにいい仕事が来なくなるなら協会にへつらう必要がなくなる。

その状態をどうにかするために、協会の幹部からは何度か「戻ってこないか?」と打診を受けた。「戻ってこないか？」は、また昔のようにみんなで協力し合って、果実を分け合おうという意味だ。

うちはまだ協会には所属していたが、集まりなどに顔を出すことはなく、談合の話も断っている。その考えを変えるつもりはないため、誘いは全て断った。

一度だけ、協会に呼ばれて顔を出したことがあった。会長であるH建設の社長以下、幹部が集まる場に来てくれ。そういう話だった。

「忙しいので」と断ろうかと思ったのだが、B技研とのトラブル解決に手を貸してくれたG組の社長への恩もある。ケジメとして、きちんと顔を出して挨拶するほうがいいと思い、会長たちが待つH建設に出向くことにした。

B技研の件から数えて、3度目のH建設だ。応接室に通されると、以前とは違い、優しく出迎えられた。前回呼び出された時のような迫力を感じなかったのは、会長や幹部の社長たちが穏やかな表情をしていたからかもしれないし、会長以下幹部の人たちが年を取り、以前よりも弱々しく見えたからかもしれない。

席に着くと、さっそく会長が話を切り出した。

「和をもって貴しとなす。我々は同業者で、協会は地域の業者のために存在している組織だ。いろいろと思うところはあるだろうが、協会に戻ってこないか」

私はその言葉を聞いて腹が立った。何が和だ。何が同業者だ。嘘の噂で困っていたうちを切り捨て、和から追い出そうとしたのはなんだったのか。よくも白々しく戻ってこいなどと言えるものだ。

本心では、H建設の社長に問い詰めたい気持ちだった。

うちが談合を刺したという噂を流したことにH建設も関わっているのではないですか。談合の和を乱すし、弱小業者のくせに生意気だからという一方的な理由で、業界内で孤立させ、大人しくさせようと考えたのではないですか。協会の大きな力を振り回し、協会内の小さい業者を使って、うちを潰そうと企んだのではないですか。

そう問い詰めたかったのだが、私はグッと堪えた。過去のことを蒸し返しても得るものはない。私は苛立ちが表情に出ていないか心配しつつ、淡々と答えた。

「私は戻る気がありません。もし戻ったとしても、うちと協力するのは嫌だと思っている業者がいます。ですから、うちは今のまま、自分たちのやり方を貫かせていただきたいと思っています」

実際、M土木、B技研、U工業など、私と接点をもちたくないと思っている業者はいる。協会に戻ったとしてもトラブルはまた起きるだろう。

「まあ、そう突っぱねるな。条件があるなら、聞こうじゃないか」幹部の一人が言う。

まさか条件を問われるとは思っていなかった。協会は常に上意下達で独断的だ。うちのような小さな業者の意見に耳を傾けることはない。1年少々の間にその姿勢が変わっていることに気づき、協会が今、従来の力、仕組み、威厳、立場を維持していくことに必死なのだなと思った。

条件を問われて、私は一つ思いついた。

「条件ですか……」

「そうだ。何かあるか？」

「では、M土木をうちと同じ目に遭わせてください」私は少し語気を強めて、そう言った。

「同じ目……？」

「そうです。うちはこの1年以上、同業者から白い目で見られてきました。やってもいないことで犯人扱いされ、精神的苦痛を与えられ、社員は暴力を振るわれ、親しかった社長さんたちとも離れることになりました。この一連の背景に、M土木がいることは皆さんもご存じのはずです」

「子どもじゃないんだからさあ」幹部が呆れたように言う。

「そうです。子どもじゃありません。大人です。大人がこういう仕打ちをしたのですから、大人として責任を取ってもらいたいのです。M土木に、うちと同じ苦い思いを味わわせてください。村八分にされるのがどれだけつらいか分からせてください。それが、うちが求める条件です」

「例えば、いい仕事を5つくらい取れるとしたらどうだろう。それでチャラにすればいいじゃないか」別の幹部がそう言ったが、私はその提案も断った。

「いいえ、お断りさせていただきます。仕事ならフリーで十分に取れます。皆さんから見れば小規模で旨味のない仕事かもしれませんが、うちは今の仕事で満足していますし、仕事をいただけたとしても、この件をチャラにすることはできません」

取り付く島がないと思ったのか、沈黙が流れた。

「そうだな。あの件は気の毒だった。仕事を分けてチャラにしよう、なんてことにはならない。君の言い分は分かったよ」G組の社長が言う。

「分かっていただき、ありがとうございます。では、これで失礼させていただきます」

そう言うと、私はお辞儀をして応接室を出た。

その場の雰囲気に背中を押されるようにして、啖呵を切ってしまった。緊張と興奮で手が少し震えているのを感じた。

まだまだ言いたいことはあったが、肝心なことは伝えられた。私は今日を区切りとして、全てを忘れようと決めた。

今までM土木に執着してきたが、それも今日で終わりにする。協会に堂々と立ち向かえたことで、協会の手先のようなM土木などどうでもよく、相手にする必要がないと思った。

協会とは、その後も一定の距離を置きながら付き合っていくことにした。M土木やU工業に入札勝負を挑むのもやめて、うちはうちらしく、積算力を磨き、コツコツと仕事を取っていくことにした。

協会の弱体化

高齢を理由にH建設の社長が会長を辞めたのは、それから数年後のことだった。G組の社長も協会の幹部を辞めて、幹部の顔ぶれが変わった。幹部交代をきっかけに、M土木の社長が協会の幹部になったと教えてくれたのは、自称情報通のN設備の社長だった。

「うまいことやるよな」社長が皮肉を込めて言う。

「幹部の世代交代まで見越して取り入っていくとは、そこまでいくと立派です」私は笑ってそう言った。

「その件だけどな、会長の引退は、表向きは高齢だからということになっているんだが、M土木が刺したって話もあるらしい」社長が言う。さすが情報通を名乗るだけあって、真偽は分からないが面白い話をもっている。

「M土木が、ですか？　ずっと会長に取り入っていましたし、ほとんど身内のようなものなのに……」

「普通はそう思うよな。でも、悪党は考えることが違う。会長と仲間で回している1工区から7工区の仕事があるだろう。あれが談合だという情報が流れて、問題になったらしいんだ」

「その責任を取って引退した、ということですか？」

「会長は、協会を辞めると同時にH建設の社長も辞めたようだ。そう考えると、何かがあって責任を取ったように見えるよな」

「そうですね」

「潮時だったのかもしれないな。70歳を超えて、ビクビクしながら談合を続けるのもつらいだろう。今時は政治でも芸能界でもクリーンさを求める世の中だ。公共工事も透明性が大事で、談合なんてもってのほか。市民感情が許さない。見方を変えれば、談合で仲良く仕事を取ってきた会長の世代はうまく逃げ切ったとも言えるけどな」

N設備の社長の話を聞いて、私はH建設の社長が気の毒になった。協会の会長の座に陣取れば業者を自由自在に操ることができる。しかし、トラブルを起こす業者の面倒を見なければならず、自分の座を狙ってくる人もたくさんいる。きっと疑心暗鬼になっていたのだろう。

うちが村八分にされているとき、会長が「俺のメンツも考えろ！」と言っていたのを思い出した。

謀反を防ぐためには、舐められるわけにいかない。自分には力があると思わせるため、常に強い存在を演じなければならない。メンツとは、そのためのものだったのだろう。

「そういやあ例の件はどうだ?」N設備の社長が聞く。「例の件」とは、2005年から始まった総合評価方式のことだった。

総合評価方式は、市が各業者の実績などを踏まえて点数をつけ、獲得点数によって仕事が取りやすくなったり、取れる仕事が制限されたりする新しい仕組みだ。これが新たな頭痛の種になっていた。というのも、うちの点数がなかなか伸びず、そのせいで仕事が取りづらくなり、条件の悪い仕事が増えていたからだ。

「点数が上がらず、苦戦しています」私は正直に答えた。

「そうか……。どこも同じだな。例外はおっきいところだけ」

「H建設などはいい点数がついていますし、協会の幹部の会社では満点評価がついているところもありますね」

「そういうところがラクな仕事を取っていく。ったく、変な制度ができたもんだ。きっと点数をつけている市と協会の幹部の間で何かやり取りがあるんだろう。そこは、情報通の俺としてはこれから調べていきたいところだが」そう言って笑う。

「期待しています」私もそう返して、笑った。

実際のところ、どういう基準で点数がつけられているのか、その詳細と背景を知りたいと思っていた。

新制度は公平なのか

電話を切って、私はうちの評価基準を書いた紙を取り出した。

従来の入札は、一般競争入札も指名競争入札も安く入札した業者が落札するという単純な仕組みだった。しかし、総合評価方式では、業者ごとの評価を加味した上で落札者を決める。入札する業者の技術力を評価し、その技術評価点と入札価格の両方を見て、総合的な観点で落札者を決めるのだ。

国土交通省が「公共工事における総合評価方式活用検討委員会」を立ち上げたのが２００５

年のことだ。ここから、国や市などから直接業者に発注する工事を総合評価方式にするための検討が始まった。

この制度では、技術評価点を入札価格で割り算し、評価値を計算する。

評価値＝技術評価点÷入札価格×１００００００

そのため、入札価格が低くても技術評価点が低ければ評価値は低くなり、落札できない。例えば、技術評価点１２０点の業者と１１０点の業者が入札する場合、入札価格が同じであれば１２０点の業者が落札する。１２０点の業者のほうが入札価格が高かったとしても、評価値によっては落札できることもある。

ここが従来の入札と大きく異なるところだ。評価基準と採点方法によっては不平等な制度になる可能性があり、私は不平等だと感じていた。

うちは積算力があり、直営班をもっているため安く入札できるのが強みだった。しかし、評価値が上がらないため安くしても仕事が取れない。武器が使えない、とまではいわないものの、かなり使いづらくなっていた。

総合評価方式が導入された理由は、表面的には公共工事の「安かろう、悪かろう」をなくすためだ。これは、２００５年に施行された「公共工事の品質確保の促進に関する法律」、通称、品確法が背景にある。

品確法は、公共工事で造るものは公共の資産であり、工事の品質が工事を請け負う業者の技術力によるところが大きい、という前提で、費用だけではなく、工事の効率、安全性、環境への配慮をする必要がある、と定めるものだ。また、そのためには、適格ではない業者を排除し、入札と契約を適正化する必要があるとも定めている。

もっともらしいことが書かれているし、実際、その通りだと思う。土木も下水も道路の舗装も、悪質な工事を行うと事故が起きる。住民の生活を危険にさらすことになり、命を奪ってしまう危険もある。

実際、一般競争入札と指名競争入札では、仕事を取ることが第一の目的となり、とにかく安く入札して落札しようとするダンピング受注が問題になっている側面もあった。これは「安かろう、「悪かろう」になりやすく、手抜き工事などによって質が下がる可能性がある。どうにか利益を生み出そうとして、下請け業者に安く発注し、現場で作業する人の賃金や労働条件が悪化することもある。さらに広い目で見れば、建設業は低賃金で危険な仕事というイメージがついて、働き手が減ることにもつながっていく。

それを防ぐという点では、価格と技術力の両方を見ることには一定の効果が見込める。私がこの制度を知った時も、当初は談合撲滅につながる新しい取り組みだろうと期待していた。

ただ、実際に運用されるようになって、総合評価方式で正しく公共工事ができるか、品確法が定めている目的の通りに総合評価方式が正しく運用されているかというと、私は疑問に感じるようになった。

例えば、簡単な工事は、よほど技術が低い業者を除けば、ほとんどの業者が施工できる。簡単な仕事は、業者から見ると割がいい仕事だ。協会の幹部の会社が談合によって持ち回りしているのもこのタイプの工事で、どの業者も取りたいと思っている。

しかし、このような工事をどこが取るかというと、技術評価点が高い業者が取っていく。簡単な工事だから安く入札しようと思っても、技術評価点が低ければ落札できず、高い価格で入札した技術評価点が高い業者が取っていってしまう。

逆に、難しい仕事は、どの業者もやりたがらない。手間と時間がかかるため、難しい仕事を1つ受けるより、簡単な仕事を2つ受けたほうがいいという考えが働く。

当然、技術評価点が高い業者は入札を避ける。簡単な仕事が高い価格で受注できるわけだから、そちらを優先する。一方、技術評価点が低い業者は簡単な仕事が取れないため、難しい仕事に入札せざるを得なくなり、それを引き受けることになる。

私はそこに矛盾を感じていた。N設備の社長も「変な制度」と言っていたように、点数がなかなか上がらない中小や零細の業者は共通してこの点に疑問と不満を感じていた。

法律の建て付けに従って工事の品質を優先して考えるのであれば、普通に考えれば、技術力が低い業者は簡単な工事、技術力が高い会社が難しい工事を行うのがいいはずだ。技術力が低い業者が難しい工事を行えばミスが出るかもしれない。技術力を評価することにより、「安かろう、悪かろう」の工事を防ぐつもりが、実際には技術力が低い業者が難しい仕事を受注せざるを得なくなる、という問題を生み出しているのだ。

さらに、業者側では技術評価点が高い業者がミスが出る可能性の低い簡単な仕事をたくさん引き受けるようになり、さらに技術評価点が上がっていく。技術評価点が低い業者は、ミスが出る可能性の高い難しい仕事しか受注できなくなり、さらに技術評価点が下がっていくのだ。

行政が談合を後押ししている可能性

それから間もなくして、都道府県と政令指定都市が発注する工事で総合評価方式が導入され始めた。市区町村でも、当初の導入率は数%だったが、数年もしないうちに4分の1の市区町村で導入されるようになった。うちの市もその一つだ。

評価のための項目はマニュアルがある。ただ、市の職員の主観で評価される部分もある。例えば、評価項目のうち、市内での工事実績があるか、ＩＳＯを取得しているか、障害者雇用や子育て支援の仕組みを作っているか、といったことは公正に評価できる項目だ。これらは企業努力で点数を稼げる。うちもこれらの項目ではしっかり点数を取っている。

一方、工事内容の評定点という項目を見てみると、獲得できる点数は、80点以上、70点台、60点台といった分け方になっている。この点数は市の職員がつけるため主観が入る。入っているだろう、と私は思っている。

うちは、なぜか、どの工事をしても80点以上が取れない。どんな業者にもできる簡単な工事で、これはさすがに80点以上取れるはずと思っていても、70点台後半で止まることが多く、しかも、79点とか78点とか、どうしても80点以上にはしたくない、という意図が感じられるような点数がつくのだ。

80点にならない、この1点、2点は何の減点なのか。長年の経験を踏まえて完工した現場を客観的に見ても、何一つ不備はない。私は現場にも足を運ぶし、80点獲得がかかった現場は大事であるため頻繁に見に行っているのだが、やはり減点されるようなところは見つからない。しかし、点数には差がつく。ほとんど同じ施工で、協会幹部の会社のような業者は高得点がつき、うちは70点台までしかいかない。

そんなことが続いて、私は市と一部の業者との間で何かしらの結託があると思うようになった。つまり、官製談合だ。市が意図的に特定の業者を優遇している、または、特定の業者の評価を上げないようにしている。そう考えるのが自然だと思えるくらい、評価が不公正で不透明に感じられたのだ。

もし市が点数を操作しているとすれば、その理由は何か。これは私の想像に過ぎず、もしかしたら妄想なのかもしれないが、考えられる理由は2つあった。

一つは、市に融通を利かせてくれる協会を優遇することだ。市は、公共工事で誰も入札しない不調が出ることを嫌がる。不調が増えると工事が進まなくなり、市だけでなく住民も困る。そこで、従来は協会が調整役となり、条件が悪い工事を地区内の業者に押し付けて、その見返りとしていい仕事を回すといった融通を利かせていた。

これは談合が「必要悪」といわれる理由の一つだ。市としては、協会がもつ調整の機能は維持したいと思う。そこで、協力してくれる協会幹部の会社などに対していい点数をつけている、という理由が考えられるのだ。

逆にいうと、協会の調整機能や、その手段となっている談合に反対する業者は、市から見れば邪魔な存在だ。例えば、談合批判する業者が現れると、談合に対する圧力が業界内外で強くなるだろう。談合しづらくなれば不調が出やすくなる。

うちは、表に立って談合批判をすることはないが、談合を抜けたり、フリーでの入札に切り替えたりしたことで、結果として談合する価値を下げ、協会の求心力を弱くした。市は、そういう業者は好ましくないと思うだろう。だから、うちの点数が伸びないのではないかと思ったのだ。

実際に業者ごとの点数を調べてみたところ、談合している業者の点数は高く、うちをはじめ談合に加わっていない業者の点数は低い傾向がある。うちは着実に技術力を高め、以前より安く工事できる力もついてきているが、点数は伸びない。場合によっては下がることもある。

一方、協会幹部の会社や談合に協力している業者は点数が高く、技術的にはうちとそれほど変わらない業者が、市の技術評価点ではうちよりも数点、多い場合で10点以上高いこともある。

昔ながらの談合は、業者同士でチャンピオンを決め、あるいは協会の鶴の一声があって、落札者と落札金額が決まっていた。この仕組みが難しいのは、不正や不平等を監視する正義の目から逃れなければならず、関係している業者から裏切り者が出るかもしれないことだ。

しかし、入札そのものの仕組みを根本から変えて、特定の業者しかいい仕事を取れないようにすれば、そのような問題は解決できる。不正と言われたら、そういう制度だからと言い返すことができる。不平等を感じる業者がいれば「頑張って点数を上げましょう」「点数が低いのはおたくの責任ですよね」と言える。リスクなくいい仕事が取れるのであれば裏切ろうと考える人も出てこないだろう。

市と協会が組むことによって、より大規模で安定的に、しかも合法的に工事の受発注を調整できる。そもそも協会の事務局には役所からの天下りがいるため、つながりもあるし手引きするのも簡単だ。そんな構図が思い浮かぶとともに、その奥にある権力とお金の闇を感じた。

市が点数を操作していると思う2つ目の理由は、予算消化だ。

公共工事は、民間の感覚としては安く抑えるのが理想だ。工事の財源は税金であるため、無駄遣いはできないし、住民としてはきちんと精査して使ってほしいと思う。

しかし、市としては、ただ安く抑えればいいわけではない。質に問題がない工事が安くできたとしても、そのせいで予算が余ると困る。予算が余った分だけ、来年度の予算が削減されてしまうからだ。

これは一般的にもよく知られている話で、例えば、年度末になると公共工事が増える。役所の関係者の宴会が増え、出張も増える。その背景にも予算消化がある。今期の予算は今期中に消化して、来年度も十分な予算をもらおうという行政特有の意識が働くのだ。

普通の家庭では、余ったお金は貯金することによって後で使うことができる。しかし、行政の予算は単年度主義で、4月から3月までの会計年度ごとに予算を作る。翌年度への持ち越しは原則として認められていない。だから、消化しようと考える。

また、行政ではより多くの予算を取った人が優秀という考え方がある。民間企業でいうなら、たくさん売り上げた営業マンが優秀と評価されるようなもので、行政の各部門の担当者も、自分のところの予算を増やしたいと考えるし、減らされたら評価が下がるため、なおさら使い切らないといけないと考える。

談合や、総合評価方式による合法的な調整は、ここで一役買っている。

談合で高く落札されれば予算消化が進む。総合評価も同様に、安く入札した業者に発注するより、技術評価点が高い業者に高い価格で発注するほうが予算消化が進む。

そのような効果を狙っているとしたら、やはり談合や調整を邪魔する業者は目障りに感じるだろう。

安く仕事してくれる業者は、税金の無駄遣いを防ぐという点で地域の住民にとってはうれしい存在だが、行政にとってはそうではなく、予算をきちんと消化するという点から見れば、むしろ邪魔な存在ともいえるのだ。

そう考えれば、うちの点数が上がらない理由も説明がつく。確証はないが、談合をやめてフリーの入札を推奨しているように見えるうちに対して、市が嫌がらせをしたり、評価を抑えて、仕事が取りづらくなる状況に追い込むことで、発言力や存在感を弱めようとする理由は十分にあると思っている。

そのような疑念をもって物事を見ていくと、あらゆることが、より疑わしく見えてくるものだ。

もし市がうちを敵視しているのだとしたら。

そう思って仕事をしていると、うちの工事には、再検査や再施工が多いように感じる。市の仕事は以前から引き受けているが、かつてはこんなことはなかった。現場の条件が悪く、以前より難しい工事を受注することは増えていたが、それにしても、ここ最近の再検査や再施工は多すぎるように感じた。

工事ミスについても、1回あたりの失点が大きすぎるように感じる。技術評価点は、質が良い工事で加点になる一方、ミスなどがあった場合に減点される。この減点の評価も、うちに対しては厳しい気がするのだ。

例えば、あるとき舗装の工事で陥没が発生したことがあった。これはうちのミスで、その点を開き直るつもりはない。

ただ、陥没はたまに起きる。うちだけが特別に粗悪な工事をしたわけでもない。しかし、評価を見ると、通常であれば1点の減点なのだが、うちは3点減点だった。1点上げるのですら大変だというのに、減点の場合は簡単に3点も減る。そういうことが起きるたびに、先生が優等生をえこひいきするような、上司が気に入らない部下を邪険にするような、そういう歪んだ感情が奥のほうに潜んでいるように感じた。

いったいどうやって戦えばいいのか。業者と戦うのであれば策はある。協会が相手だとしても、協会は業者の集まりであるため打つ手を考えることができる。

しかし、相手が行政となると話は別だ。協会よりもはるかに強い力をもっているからだ。

うちは市の仕事を受けているため、協会に啖呵を切った時のように、安易に市と敵対するわけにはいかない。愚直に工事をやり切り、ミスを減らし、点数を上げていくしかない。

これは一朝一夕でどうにかなる問題ではない。そう考えて、私は長期戦を覚悟するようになった。

もしかしたら、うち1社だけでは立ち向かえない問題かもしれない。私が社長をしている間に解決できない問題かもしれない。そんなふうに思うようになったのだ。

独り立ちの時

悪いことは重なるものだ。

市との戦い方が暗中模索の状態のなか、名参謀のサトウさんが会社を辞めることになってしまったのだ。

「少し休暇をいただきたいのですが」

「なんで……。何があったのですか？　私に問題がありましたか？」私はあまりのショックに、まるで詰め寄るようにしてサトウさんに質問した。自分でも取り乱していることが分かっていたが、どうにかして引き留めなくてはいけないという気持ちを止められなかった。

「いや、そういうことではなく……」

「じゃあ、どうして？　年だってまだ若いじゃないですか」

サトウさんは夫の2つ年下。私のひと回り上なので、60代後半だ。若いとはいえないが、この業界には60代、70代で現場に立っている人もたくさんいる。それに、私にはまだサトウさんが必要だった。

「実は、がんが見つかりましてね」

「がん、ですか……」

「今は経過観察なのですが、急に動けなくなったりしたら会社に迷惑がかかります。そういうことがないように、あらかじめ社長には伝え、今のうちに引退の道筋を自分で作っておこうと思ったんです」

私は言葉を失った。夫といいサトウさんといい、どうして病気は私から大切な人を奪っていくのか。

私は病気という目に見えない敵を恨めしく思い、同時に、病気にかかった自分のことだけでなく、会社のことまで心配してくれているサトウさんの律儀さに心を打たれた。

「これから市や制度と戦っていかなければならない時に、こんな話を持ち出してすみません」

「サトウさんが謝ることではありません。悪いのは病気です」

「そう言ってもらえると助かりますが、タバコとお酒をやめなかったわけですから、半分くらいは自業自得だと思っています」サトウさんはそう言って笑った。

「健康を優先してほしいので、サトウさんが辞めるというのであれば止めません。ただ、正直な気持ちとして、サトウさんには長く働いてほしいと思っています。休みながらでも十分ですから力を貸してください」

私はそう言って、お願いした。数十年にわたって支えてもらってきた人がいなくなる。その不安に私は耐えられそうになかった。

「社長なら大丈夫です」サトウさんが言う。

「大丈夫なわけありませんよ……」

「現にこうして、会社をきちんと立て直したじゃないですか。私はずっと近くで見てきました。誰よりも努力して、誰よりも悩んできた姿を知っています」

「それはサトウさんや社員のみんながいてくれたから」

「社長のそばにいたい。一緒に会社を支えたい。私だけでなく、みんながそう思ったから、そばにいたんです」

「……そうでしょうか」

「昔が懐かしいですね。社長になるとおっしゃった時、最初はどうなることかと思いました。しかし、今は安心して社長についていくことができます。社長は、そのままでいいんです。社長なら大丈夫です」

サトウさんの言葉を聞き、私は少し気持ちが落ち着いた。

今日まで、困ったことがあればいつもサトウさんに相談してきた。サトウさんはいつも的確な答えを示してくれた。

これからは自分で決めて、社員を引っ張っていかなければならない。はっきり言って自信はないが、いつまでも甘えているわけにはいかない。

社長としてきちんと独り立ちしなければならない。今がその時期なのだ。社長として強く成長していくことが私の運命なのだ。そう思い至り、私はもっと強くなろうと心に決めたのだった。

エピローグ

私が社長になった1989年、その年の流行語の一つになったのが「24時間タタカエマスカ」だった。あの頃と変わっていない。そう思うことがよくある。

建設業は時代遅れの業界といわれる。実際、長時間労働で体力勝負だし、先輩後輩の関係に厳しい縦社会だし、いたるところに昭和の価値観が根深く残っている。

その原因は、昭和の価値観で仕事をしている高齢の経営者が多いからだろう。協会の会長だったH建設の社長や、お世話になったG組の社長など、戦中に生まれた世代の社長は徐々に引退していった。

一方で、協会を見渡してみると、70代で現役の社長もいるし、中には80代の社長もいる。元気に働けるのはいいことだ。業界には肉体派が多く、叩き上げの社長は現場でしっかり鍛えているため、気力と頭さえしっかりしていれば70代でも働ける。

しかし、業界の古参である彼らの力が強いせいで、人の新陳代謝が進まない。そろそろ引退して次の世代に任せようと思うときには、次の社長となる人がすでに60代になっていることも多く、会社も業界も若返りできず、時代遅れのまま止まってしまうのだ。引き際が大事だ。勇気をもって、若い世代に任せなければならない。そう思うことが増えたのは、私自身が60代目前になったからだろう。

私は、社長になった時はまだ30代だった。業界では若手で、周りは営業も現場も年上ばかりだった。

しかし、気づけば今は年下の人たちがたくさんいる。とくにうちは若い社員が多いため、子供と同年代の彼らと接しながら、自分の考えは古いのではないか、昭和の価値観に囚われているのではないかと日々自問している。時代の変化に取り残されないように、私自身が変わっていかなければならないと思うことも増えた。

出会いと別れの積み重ね

変化は怖いものだ。大きな変化、急な変化は、その怖さが何倍にもなる。そのことは、私は身をもって知っている。

最愛の夫が急にいなくなった。専業主婦で、社会人経験のない私が急に社長になった。あの時に感じた恐怖は今も脳裏に焼き付いている。

その後も、談合を知ったり、談合をやめたり、仕事が増えたり、取りづらくなったり、いろいろな変化があった。

これらもそれなりに大きな変化だったのだが、心のどこかでは「たいしたことない」とも思っていた。夫の死という大きすぎる変化をすでに経験していたため、多少の変化に怯えることはなく、勇気をもって正面から向き合うことができた。変化を嫌い、変化から逃げていた昔の弱い私は、あの時にもう死んでいたのだ。

今もこうして生きているのは、夫が残した会社があるからだ。夫が存在したということは変わらない。会社を作り、仕事をしていた事実も変わらない。

私は「変わらなければいけない」と自分に言い聞かせる一方で、夫がこの世に遺した会社や足跡といった「変わらないもの」を心の支えにして、今日まで走り続けてきたのだと思っている。

私の頭の中にいる夫は、当時のままだ。ガッチリとした体格で、無口で、責任感が強く、面倒見がよく、心配性な人だ。もし生きていれば70歳を超えている年齢だが、きっと今も現場に立って仕事をしていただろう。会社を愛し、夫を慕う社員たちに「社長、大丈夫ですか?」「無理しないでくださいよ」なんて心配されていたと思う。

社長になってから約30年、嵐のように忙しい日々だったが、夫の命日だけはいつも半日だけ休みを取って墓参りをして、1年間の出来事を報告してきた。そして今日もこうして墓前に立っている。

墓石を洗い、お花を挿して、お線香を焚く。バッグの中から、コンビニで買った小さな缶ビールを出して墓石の前に置く。

手を合わせて目を閉じると、浅黒い夫の顔が浮かんだ。何も言わず、穏やかな表情で私を見つめる夫の姿を思い出しながら、この1年のうれしかったことや悲しかったことを思い出した。

うれしかったことはたくさんある。

6人の子供たちは、今年も一生懸命に頑張った。孫もすでに8人になり、それぞれ元気に育っているし、今年は9人目の孫が生まれる。

私は、会社では社長という鎧を着て第一線で踏ん張っているが、家族の中では「おばあちゃん」だ。

「おばあちゃんと言われるたびに、喜びを感じるんです」

心の中で夫に言い、今の幸せな気持ちを夫に伝えた。

仕事は、うれしかったことも悲しかったことも両方だ。うれしかったのは、今年も若い社員が入ってくれたことだ。若い人が入るたびに会社がますます活気づく。

一方で、悲しいこともあった。最も悲しかったのはサトウさんが天国へ旅立ってしまったことだ。

「実は、がんが見つかりましてね」

そう言って退職を願い出た時、すでに病状は良くなかったのだと思う。がん治療のために非常勤として仕事をしてもらうことにしたが、間もなく入院することになった。

最後に会ったのは病院にお見舞いに行った時だった。小柄な体がさらに小さく見えるくらい、サトウさんは痩せていた。

「困っていることはありませんか?」ベッドから少し体を起こし、サトウさんが聞く。

「はい、大丈夫です」

「そうですか。もっとも、この体では助けられることも限られますが」

「私には社員たちがついています。彼らがいる限り、うちは大丈夫です。それより、早く治してください」

そんな会話をしたのが最後だった。それから1カ月もしないうちにサトウさんは夫がいる世界へと旅立っていった。

大丈夫と言ったのは、見栄を張ったわけではない。サトウさんを安心させようと思ったわけでもない。

社員たちの顔を思い浮かべたら、自然と「大丈夫」という言葉が出てきて、本当に大丈夫だと思えたのだ。

振り返ってみれば、きちんとお礼も言えなかった。

「あなた、そっちの世界でサトウさんに会ったら、ありがとうございましたと伝えてください。

私はまだお迎えが来ないようです。もう少し、こっちでみんなと頑張ります」

最後にそう伝えて、静かに目を開けた。

思い出はいつまでも生き続ける

報告を終えて立ち上がろうとした時、背後から声がかかった。

「社長」

「あ、会長」

振り向くと、H建設の社長が立っていた。正確には、H建設の元社長であり、協会の元会長だ。引退したと聞いてから顔を見るのは初めてのことだった。白髪がさらに増えていたが、スーツ姿を見慣れていたせいか、ラフな格好をしている会長はなんとなく若々しく見えた。

「ハハ、会長はもう辞めたんだ。ホソカワで頼むよ」

会長はそう笑いながら、水が入った手桶とお供えの花を置いた。

「線香をあげさせてもらうよ」

「はい、お願いします」

花を挿し、お線香を焚き、手を合わせる。私はその様子を眺めながら、どんなことを話しているのだろう、と思った。

会長と夫は、夫が生きていればだが、約50年の付き合いになる。夫は、ホソカワさんが作ったH建設で働き、独立してからもH建設から仕事を受けていた。その後、夫は病気になり、会長は協会の幹部としてそれぞれの人生を歩んでいくことになったが、苦楽をともにした仲間の縁は簡単には消えないものだ。

いまだにこうしてお墓参りに来てくれるのは、夫が周りに愛されていた証だと感じた。

お参りを終えて、私は会長とともに駐車場まで歩いた。春らしい日差しはあったが、まだ肌寒さを感じる日だった。

「今年は桜が遅いな」社長が言う。

「そうですね」

「確か去年は満開の頃で、気温ももう少し暖かかった」

「会長は毎年お墓参りしてくれているのですか?」

「ああ、命日か、その前後のどこかで年に1回は来させてもらっている。立場上、仕事では言えないことも多いからな。ここに来て、1年分の愚痴をタカに聞いてもらっているよ」

会長はそう言って笑った。

タカとは、夫のことだ。会長は、夫の上司だった頃からそう呼び、夫が独立し、元請けと下請けの関係になってからも、ずっとそう呼び続けていた。

会長がお墓参りをしてくれていたことは初耳だった。以前、墓参りに来た時に新しい花が供えてあるのを見て、誰だろう?と思ったことがある。あれはきっと会長がお供えしてくれた花だったのだろう。

「おととしか、その前の年か、ここでばったりゴトウと会ったこともあったなあ。彼も私と同じで、愚痴や悩みを聞いてもらいに来たのかもしれないな」

ゴトウとは、協会の元幹部でG組の社長だった人だ。G組の社長は私にも優しく、B技研ともめた時も私が協会と距離を置くと伝えた時も私の味方をしてくれた。夫とはそれほど親密な間柄ではなかったと思うが、たまにゴルフに行ったり、お酒を飲みに行ったりしていたと思う。性格的には、2人とも情に厚く、面倒見がいいという点が共通している。そこで気が合ったのかもしれない。

「亡くなってから20年以上経っても、タカは愛され続けている。ずっと記憶に残っている。羨ましい話だ。俺が死んでも、きっと誰も墓参りに来ないぞ。そう考えると、ますます死ぬのが怖くなる」

「そんなことありませんよ」

私はそう言って笑った。会長は強そうに見えるが、心には孤独を感じているのだなと思った。

「協会とは今もお付き合いがあるのですか?」

「たまに幹部だった連中と会うくらいだ。会社も辞めたから、そっちもあまり付き合いはない。今となっては協会にも会社にも仕事にも未練はないし、老兵は死なず、ただ消えゆくのみだ。それでもたまに会うのは、酒を飲む相手になってもらおうと思ってな」

「そうなんですね」

「ところで、風の噂で聞いたんだが、苦労しているらしいじゃないか」

会長がいう苦労とは、総合評価方式のことだ。

会長が現職だった頃は、うちはフリーの入札で仕事をたくさん取っていた。しかし、今は点数が上がらず、思うように仕事が取れなくなっている。そのことを誰かから聞いたのだろう。

「はい。なかなか打開策が見えません」

「役所の連中はこっちの弱点を見抜いて、遠慮なく突いてくる。何度も間近でやり合ってきたから、やつらの手強さはよく分かる」

「そうですね」

「葬式にも行かせてもらったが、君の右腕だった優秀な番頭さんも亡くなってしまったな。サトウくんがいなくなって、君も会社も、今が正念場かもしれない」

「はい。正直、耐えられるかどうか……」

「ほう」会長はそう言って驚いた顔を見せた。

「どうかしましたか?」

「君が弱音を吐くなんて珍しいな。今日は季節外れの雪が降るかもしれないぞ」

会長はそう言って笑った。会長なりの、私に対する励ましの言葉なのだろうと思った。

駐車場に着くと会長は「じゃあな」と言って軽く手を上げた。私は歩き去っていく会長の背中に向けて、もう一度お礼を言った。

数歩歩いたところで、会長はふと立ち止まり振り返った。

「すまなかったな」会長はそう言い、頭を下げた。

「え……?」私は突然のことに困惑し、会長は再び前を向き歩いていった。

何のことかはすぐに分かった。

私が談合を刺した。その噂を流したことを謝ったのだった。会長が指示したのかは分からない。ただ、H建設として、あるいは協会として関わっていた。

当事者である私は今ではすっかり忘れていたが、会長はずっとそのことを気にしていたのだろう。仕事のつながりがない今、会長と私が会うことはない。今日、ここで偶然に会ったことで謝らなければならないと思ったのかもしれないし、おそらく次に会うことがないと思い、謝るなら今しかないと思ったのかもしれない。もしかしたら私を攻撃したことについて夫に謝ったのかもしれなかった。

不思議な感覚だった。周りから犯人扱いされ、無視され、協会が守ってくれないと分かったとき、私は会長を疎ましく感じた。もしH建設が首謀者なら刺し違えても構わないと思うくら

い の憎しみを感じた時もあった。

しかし、今は何も感じない。時間が怒りを鎮めてくれたのもあるが、会社と社員のためを思って仕事をしていく中で、協会や会長やいじめてくる業者への負の念は浄化されていた。会長の姿が見えなくなり、私は「さあ、仕事、仕事」と呟いて自分を奮い立たせた。

半休は終わりだ。会社では社員と仕事が待っている。

社員は着々と育っている。直営班は評価値を上げるために腕を磨いているし、営業班も入札に飛び回っている。積算の女性たちも成長し、おかげで順調に仕事が取れている。とくに積算はＰＣを駆使するようになり、最近では私が操作方法などを教えてもらっているほどだ。

頼もしい社員たちに仕事を任せられるようになり、私は最近、自分の役割についてあらためて考えるようになった。社員と会社を育てていくことは引き続き重要だ。しかし、私にはやらなければならないことがある。私にしかできないことがある。

それは、現場や営業で頑張ってくれている若い人たちや、積算で頑張ってくれている女性がもっと活躍できる場を作っていくことだ。

世の中は若者と女性の活躍を推進している。その点で、土木や建築の業界は遅れている。旧態依然とした男社会である業界が変わっていけば、彼らはもっと輝くことができる。みんなと一緒に喜べる機会が増え、楽しそうに働いている姿を見て、若者と女性がこの業界に入ってきてくれるようになる。

私は30代でこの業界に入った。事務職を除けば、女性は皆無と言っていいくらいほとんどいなかった。以来、嫌な思いもたくさんしたが、振り返ってみれば楽しかったと思っている。土木の仕事は面白いし、仲間に恵まれることでもっと面白くなる。そういう人たちを増やしていくために、私は戦い続けなければならない。

いつまでも談合の噂が絶えない環境は変えていかなくてはいけない。実際、今なお入札談合で逮捕者が出たというニュースを耳にすることもあり、ニュースにならないところで、指名停止になったり課徴金を科せられた業者の話などが、この業界にいると耳に入ってくる。そういう世界には若者も女性も近づかないだろう。

談合はなくさなければならない。談合に関わってはいけないし、関わっているなら勇気をもって抜け出さないといけない。そう伝えられるのは、現場を知る人であり、現場にいる人である。談合の内情を知っている私は、その条件に該当している。若者と女性が活躍できる環境への変革と、その際の課題である談合の廃絶は、私にしか訴えられないことではないが、私がやらなければならないことだと思う。

私一人の力では難しいだろう。しかし、業界を変えていこう、談合をなくしていこうと発信し続けることはできる。声を発し続けることで賛同してくれる人も増えていくはずだ。旧態依然とした業界のあり方に疑問をもつ人、業界の明るい未来のために力になってくれる人も現れる。私はそう信じている。

いつまで続くかは分からない。ただ、元気で仕事ができるうちは続けられる。生きているうちは何かができる。会長は「老兵は死なず、ただ消えゆくのみ」と言っていたが、私が引き際を考えるのはもう少しだけ先かな、と思った。

私はお墓のほうを振り返り、もう一度手を合わせた。

「相変わらずつらいことも多いですが、耐えてみせますし、戦います。サトウさんと一緒に見守っていてください」

最後にそうお願いして、会社に戻ることにした。

あとがき

私は長年、男社会である建設業の女社長として人生を歩んできました。

そんな中、談合を日本から撲滅することはできないのだろうか？　そんなことばかり日々考えてきました。しかし、談合は男社会のなれ合いによる産物であり、令和の時代になった今でもなくなることはありません。近年では国家を挙げたイベントである２０２０年の東京五輪・パラリンピックのテスト大会事業を巡って入札談合事件がありました。今もなお、あらゆる組織が自分たちの既得権益を守るための手段として談合は行われているのです。

談合を日本から撲滅することはできないのだろうか？

しかし、その問いに対して、私は必ず談合はなくすことができると信じています。

なぜなら私自身が談合などをしなくても立派に仕事ができたからです。

もし読者の中に、何かしら社会や組織に違和感を覚えている方、男社会の中で女性としてもがき苦しんでいる方、そんな方がいれば決して悲観せず、前を向いて自分の力を信じて生き抜いてほしいと思います。

必ず環境は変えられます。必ず人生は楽しく、明るくなります。

本書を手に取って読んでいただきありがとうございました。

【著者プロフィール】

伊藤恵子（いとう　けいこ）

1952年生まれ。大阪府出身。６児の母。

1989年、37歳のとき最愛の夫を亡くす。その後６人の子どもを守るために夫が代表取締役であった藤貴建設株式会社を引き継ぐことを決意。男性社会の建設業のなかで、談合への強制的な参加、女性差別による数々の嫌がらせ、信頼していた人の裏切りなど、数えきれないほどの苦難を乗り越え現在に至る。

本書についての
ご意見・ご感想はコチラ

談合の女神

2023年3月25日　第1刷発行

著　者　　　伊藤恵子
発行人　　　久保田貴幸

発行元　　　株式会社 幻冬舎メディアコンサルティング
〒151-0051　東京都渋谷区千駄ヶ谷4-9-7
電話　03-5411-6440（編集）

発売元　　　株式会社 幻冬舎
〒151-0051　東京都渋谷区千駄ヶ谷4-9-7
電話　03-5411-6222（営業）

印刷・製本　中央精版印刷株式会社
装　丁　　　株式会社 幻冬舎メディアコンサルティング　デザイン局

検印廃止

ISBN 978-4-344-93687-4 C0093
幻冬舎メディアコンサルティングＨＰ
https://www.gentosha-mc.com/